櫂歌書房

書　あおの　よしこ
画　朽原　彪
装丁　西川千恵
編集　黒田美恵

示車右甫

じしゃ ゆうほ

破戒僧

親鸞

破戒僧　親鸞

前文

仏説無量寿経

第十八願

たとひわれ仏を得たらんに、十方の衆生、至心信楽してわが国に生ぜんと欲ひて乃至十念せん。もし生ぜずは、正覚を取らじ。ただ五逆と誹謗正法とをば除く。

第十九願

たとひわれ仏を得たらんに、十方の衆生、菩提心を発し、もろもろの功徳を修して、至心発願してわが国に生ぜんと欲せん。寿終る時に臨んで、たとひ大衆と囲繞してその人の前に現ぜずは、正覚を取らじ。

第二十願

たとひわれ仏を得たらんに、十方の衆生、わが名号を聞きて、念をわが国に係け、もろもろの徳本を植ゑて、至心回向してわが国に生ぜんと欲せん。果遂せずは、正覚を取らじ。

歎異抄（一三）

一　弥陀の本願不思議におはしませばとて、悪をおそれざるは、また本願ぼこり（本願にあまえつけあがること）とて、往生かなふべからざるといふこと。この条、本願を疑ふ、善悪の宿業（因果応報）をこころえ（心得）ざるなり。

よきこころのおこるも、宿善のもよほすゆゑ（故）なり。悪事のおもはれせらるる（思わせられる）も、悪業のはからふ（計らう）ゆゑなり。故聖人（親鸞）の仰せには、「卯毛・羊毛（きわめて小さいもの）のさき（先）にゐるちり（塵）ばかりもつくる（作る）罪の、宿業にあらずといふことなし（無）としる（知る）べし」と候ひき。

またあるとき、「唯円房はわがいふことをば信ずるか」と、仰せの候ひしあひだ、「さん候ふ」と、申し候ひしかば、「さらば、いはんこと（言ったこと）たがふまじき（間違いなきか）か」と、かさねて仰せの候ひしあひだ、つつしんで領状（承諾）申して候ひしかば、「たとへばひと千人ころしてんや（殺せとて）、しからば往生は一定すべし」と、仰せ候ひしとき、「仰せにては候へども、一人もこの身の器量にては、ころしつべしともおぼえず候ふ」と申して候ひしかば、「さてはいかに親鸞がいふこと（いう事）をたがふまじとはいふぞ（間違いせず）」と。

「これにてしるべし。なにごともこころにまかせたる（任せる）ことならば、往生のために千人ころせといはんに、すなはちころすべし。しかれども、一人にてもかなひ（叶う）ぬべき業縁なきによりて、害せざるなり。わがこころのよくてころさぬにはあらず。また害せじとおもふとも、百人・千人をころすこともあるべし」と、仰せの候ひしかばわれら（我等）がこころ（心）のよきをばよしとおもひ、悪しきことをば悪しとおもひて、願の不思議にてたすけ（助け）たまふといふことをしらざることを、仰せの候ひしなり。

そのかみ（かつて）邪見におちたるひと（人）あって、悪をつくりたるものをたすけんといふ願にてましませばとて、わざとこのみ（好む）て悪をつくりて、往生の業とすべきよし（由）をいひて、やうやうにあしざまなることのきこえ候ひしとき、御消息（親鸞の手紙）に「薬あればとて、毒をこのむべからず」と、あそばされて（お書きになって）候ふは、かの邪執をやめん（止める）がためなり。まったく悪は往生のさはり（障り）たるべしとにはあらず。持戒・持律にてのみ本願を信ずくべくは、われらいかでか生死をはなるべきやと。

かかるあさましき身も、本願にあひたてまつりてこそ、げに（本当に）ほこられ（誇る）候へ。さればとて、身にそなへざらん（備えざる）悪業は、よもつくられ候はじものを。また、「海・河に網をひき、釣をして、世をわたるものも、野山にしし（猪）をかり、鳥をとりて、いのちをつぐともがら（輩）も、商ひをし、田畠をつくりて過ぐるひとも、ただおなじ（同じ）ことなり」と。

「さるべき業縁のもよほさば（催してくれば）、いかなるふるまひもすべし」とこそ、聖人は仰せ候ひしに、当時は後世者（名利を離れて来世の往生をもっぱら願っているかのような振舞）ぶりして、よからん（良くない）ものばかり念仏申すべきように、あるいは道場にはりぶみ（禁制の張り文）して、なんなんのことしたらんもの（このようなことをした者）をば、道場へ入るべからずなんどいふこと、ひとへに賢善精進（自力精進）の相を外にしめして、内に虚仮（うそ・いつわり）をいだけるものか。願にほこり（誇る）てつくらん（作る）罪も、宿業のもよほすゆゑなり。されば善きことも悪しきことも業報にさしまかせて、ひとへに本願をたのみまゐらす（頼み参る）ればこそ、他力にては候へ。

「唯信抄（聖覚法印著）」にも、「弥陀いかばかりのちから（力）ましますとしり(知)てか、罪業の身なればすくはれがたし(救われ難い)とおもふべき」と候ふぞかし。本願にほこるこころのあらんにつけてこそ、他力をたのむ信心も決定しぬべきことにて候へ。おほよそ（凡そ）悪業・煩悩を断じ尽してのち、本願を信ぜんのみぞ、願にほこるおもひもなくてよかるべきに、煩悩を断じなば、すなはち仏に成り、仏のためには、五劫思惟の願（法蔵菩薩の長期の誓願）、その詮なく（効果なく）やまし（なやましい）ま（増す）さん。本願ぼこり（埃）といましめらるるひとびとも、煩悩・不浄具足せられてこそ候うげなれ。それは願にほこらるるにあらずや。いかなる悪を本願ぼこりといふ、いかなる悪かほこらぬにて候ふべきぞや。かへりて、こころ（心）をさなき（未熟な）ことか。

（注）末尾の「「唯信抄」の個所を意訳する。

「唯信抄」にて「阿弥陀にいかほどの力があると知ってか、罪の所業しかできない我等の身であれば、救われ難い」と親鸞は仰せられた。本願を誇る心の在るにつけ、他力を帰依する信心をもしっかりと定めるべきことなのである。凡そ悪行・煩悩を断じつくしてのち、本願を信じようとするのみだけで、本願を誇る思いも、無くてよいはずなのに、煩悩を断じれば、即仏になり、仏のためには、五劫の長期にわたる時間の中で培われた、法蔵菩薩の誓願は、その詮（効果）無く、やまし（疚しい）さが増すであろう。本願埃りと誡(いまし)められる人びとも、煩悩不浄をば、具足されてこそ、そのようである。それは願を誇るにあらず、いかなる願を本願誇りという、すなわちいかなる悪行が、誇らぬにてあるべきか。顧みれば、なんと思慮の未熟であることか。

「唯信鈔文意（親鸞著）」はいう。

自力のこころをすつる（捨てる）といふは、やうやうさまざまの大小の聖人・善悪の凡夫の、みずからが身をよしとおもふこころをすて、身をたのまず、あしき（悪い）こころをかへりみず、ひとすぢに具縛(ぐばく)の凡愚(ぼんぐ)（煩悩に囚われた者）・屠沽(とこ)（生き物を殺す・酒を商いする者）の下類(げるい)、無碍光仏(むげこうぶつ)の不可思議の本願、広大智慧の名号を信楽(しんぎょう)すれば、煩悩を具足しながら無上大涅槃(むじょうだいねはん)にいたるなり。

目次

一　比叡山

日本天台宗の開祖、最澄は、近江の国滋賀郡古市郷に、神護景雲元年（七六七）八月十八日、生まれた。俗名は、三津首広野（みつのおびとひろの）である。十二歳にして、近江国分寺に入り、国師の行表の弟子となった。十四歳にして、同寺の僧の補欠として得度し最澄に改名した。

延暦四年（七八五）、十九歳にして、奈良の東大寺戒壇で、具足戒（小乗戒）を受け、同年七月、突如として、比叡山に登って草庵をかまえ、十二年間の山林修行にはいった。ついで、天台三大部を研修、延暦二十年（八〇一）、法華会を修し、翌年、自ら高尾山寺で天台法華一条を説いた。これによって、翌年、桓武天皇の目にとまることになって、入唐求法の還学生（短期留学生）に選ばれた。

延暦二三年（八〇四）七月、空海、橘逸勢らとともに、四隻に分乗、唐に入った。九月一日、最澄は、明州に着き、そこから天台修禅寺の行満座主に会い、台州の龍興寺で道邃から天台教義を学び、さらの大菩薩戒を授かった。また禅林寺の脩然から牛頭の禅法（中国禅宗の一派。達磨四世の法孫道信の門下法融を祖とする）、越州龍興寺順暁阿闍梨から密教を授かった。

延暦二十四年（八〇五）六月、対馬を経由、神戸和田岬に上陸、能福護国寺を開創、七月上洛、九月、高尾山寺で、日本で最初の阿闍梨（規範）灌頂（聖水による洗礼）を実施した。

大同元年（八〇六）、天台宗は、南都六宗とともに、年分度者を許可された。年分度者は、律令による年度ごとに僧尼の公認人数をきめた制度である。私度僧を牽制したものであろう。

弘仁十年（八一九）、天台宗独自の大乗戒壇による受戒制度を国に願い出たが、奈良の僧侶たちの猛烈な反対に、許可されなかった。無念のうちに、最澄は、弘仁十三年（八二二）六月四日、比叡山で死去した。五十六歳であった。許可されたのは、死後七日のちのことであった。

嵯峨天皇は、最澄の死を惜しみ、比叡山寺を改め、「延暦寺」に改号せしめた。

鎌倉時代、延暦寺は、日本的な仏教の祖師を輩出した。浄土宗法然、臨済宗栄西、浄土真宗親鸞、曹洞宗道元、日蓮宗日蓮らである。今日の言葉でいえば、延暦寺は、綜合大学といえる。

親鸞は、承安三年（一一七三）、日野有範の長男として生まれた。日野家は、藤原氏の支流である。母は、九条判官源為義の妹である。四歳にして父と離別、八歳にして、母を失った。親鸞には、四人の弟がいた。尋有・兼有・有意・行兼である。父・有範は、最終的に、皇太后宮大進まで昇進するが、御室戸の大進入道といわれるように、出家しているので、その時、離別したもようである。大進は、律令制で、皇太后宮につかえる官職で、判官の少進の上位であるが、収入は限られていた。ちなみに、当時の皇太后宮は、後白河天皇の女御・建春門院滋子といわれる。

滋子は、安元二年（一一七六）七月八日、三十五歳でなくなった。この時、有範は、皇太后宮少進を務めており、主君の死を弔い、出家したのである。当時の習わしであった。

親鸞兄弟は、父の入道後、伯父の若狭守範剛に母とともに引き取られた。

養和元年（一一八一）、親鸞は、範綱に付き添われて、青蓮院の僧慈円を訪ね、そこで剃髪して出家した。範宴少納言公（はんえんしょうなごんきみ）と号した。

出家は母の遺言であった。母は臨終に際し、臨席した範綱夫妻に「ふたりの息子を出家させるよう」遺言したのである。

ここで問題は、二人の息子である。四人であれば、別に二人いたのか。そうではない。死んだとき、母の年齢は四十に近いといわれる。母は、親鸞八歳の時の死であれば、この八年間に二人を生むのは可能である。しかも、次男尋有と親鸞の年齢差は七年と云われるから、さらに二人は産めない。であれば、有範は後妻を娶ったのであろう。

文治二年（一一八六）十月十一日、摂政・九条兼実は、王位蔵人勘解由次官定経に命じて、有範を右兵衛督から左兵衛督に昇進させた。

ちなみに、慈円は、久寿二年（一一五五）の生まれで、父は摂政関白・藤原忠道、母は、藤原仲光の女加賀である。幼い時、青蓮院に入寺、仁安二年（一一六七）、天台座主・明雲について受戒していた。のち「愚管抄」を著した。

慈円は、ほどなく、親鸞を比叡山の南無動寺の中にある大乗院に送りこんだ。竹林房静厳に師事した。修行のはじまりである。これからの十余年、親鸞の消息は不明である。

建久二年（一一九一）辛亥、十九歳の秋、慈円僧正に暇を乞い、和州法隆寺へ参詣、西園院覚運僧都の坊に、七旬ほど滞在、因明（いんみょう）の秘法を研究した。ついで同年九月十三日から十五日まで、聖徳太子の廟（河州『大阪』石川郡東条磯長）に参詣、お籠りをした。その二夜目のこと、夢を見たのである。

聖徳太子が石戸を開いて現れ、わたし（善信）に告げて（告勅（ごうちょく）して）言われた。

我が三尊は塵沙（ちりとすな。物事の多いたとえ）の界を化す

日域は大乗の相応の地なり

諦かに聴け　諦に聴け　我が教令を
汝が命根は応に十余歳なるべし
命終わりて速に清浄土に入らん
善く信ぜよ　善く信ぜよ　真の菩薩を

時に、建久二年九月暮秋十五日、午後初刻（正午ころ）、前の夜の告令を記し終わった。仏弟子、範宴とある。

翌朝目覚めて、親鸞は反芻した。三尊とは、弥陀仏、観音、大勢至の三菩薩のことである。わけても、「汝が命根応に十余歳なるべし　命終わりて速に清浄土に入らん」は衝撃を放った。わが心底にかかる願望のひそみしや、しかも余命あと十余年とは、疑いは募った。

これは、常行堂での常行三昧不断念仏修業中の親鸞には、予想もできないことであった。不断念仏とは、比叡山横川の源信の流れをくむ「不断念仏衆」の伝統を受け継いだとされる。源信は「往生要集」を著した、念仏行の実践者であった。念のため、一部を記す。

「口の説黙とは、九十日、身には常に行じて休息することなく、九十日、口には常に阿弥陀仏の名を唱へて休息することなかれ。或は唱と念と倶に運び、或はまづ念じて後に唱へ、或いはまづ唱へて後を念じ、唱・念相継いで休息する時なかれ。もの弥陀を唱ふれば、即ちこれ十方の仏を唱ふると、功徳等し。ただ専ら弥陀を以て法門（浄土教）

の主となす。要を挙げてこれを言わば、歩々・声々・念々、ただ阿弥陀仏にあり。」

常行三昧堂の不断念仏は、堂で交互に阿弥陀仏の名を昼夜不断なく、唱えて、仏を目の当たりに見る修法である。又、貴族の追善供養のため、山外の寺院の阿弥陀堂で、三日又は七日間、行われるときもあった。

親鸞が入山したとき、比叡山の僧侶階級は、貴族出身の学生とその従者であった堂衆に分かれていた。学生は堂僧ともいわれ、親鸞も堂僧であった。一方、堂衆は、堂僧の従者であったが、僧兵として武力を持っていた。

堂僧の上に、凡僧、その上に僧綱（そうこう）（三位以上・僧尼を統轄する者）、その上に導師がいた。

親鸞が修した不断念仏は、中国から伝えられた音楽的な引声念仏（独特の節回しをつけて念仏すること）の系統を引いていた。晩年に書かれた「浄土和讃」には、声明の基本音階にふれた部分があることから、親鸞は、声明（しょうみょう）（梵唄（ぼんばい））の知識を持っていたとされる。

親鸞は、のちに法然にあってのち、法然の専修念仏と自分の不断念仏に大きな違いがあることを知らされる。

夢告に不安を募らせた親鸞には、さらに重複して問題があった。末法思想である。のちに記された「教行信証」の化身土文類六にいう。

「ゆえに基の『般若会の釈』にいはく、【正法五百年、像法一千年、この千五百年の後、正法滅尽せん】と。（さらに続けて）魯の【春秋】によらば、仏、周の第二十の主、匡王斑四年、壬子に当りて入滅したまふ。もしこの説によらば、その壬子よりわが延暦二十年辛巳に至るまで、一千四百十歳なり。ゆえに今の時のごときは、これ像法最末の時なり。かの時の行事すでに末法に同ぜり。しかればすなはち、末法のなかにおいては、ただ、言教のみありて行証なけん。もし戒法あらば破戒あるべし。すでに戒法なし、いづれの戒を破せんによりてか破戒あらんや。破戒なほなし。いかにいはんや持戒をや」

さらに親鸞は「末法灯明記」を読んで所懐を述べた。

「『末法灯明記』（最澄の制作）を被閲するにいはく、それ一如に（唯一絶対の真実にもとづいて教え導く者は）範衛してもって化を流すものは、法王（法門の王）、四海に（天下を治めて徳風を垂れる者は）光宅（天下を治めて」してもって（徳）風を垂れるものは、仁王（いつくしみをそなえた国王）なり。しかればすなわち、仁王・法王、たがひに顕れて物を開し（人々を導き）、真諦・俗諦（仏法と世俗の法）たがひによりて教を弘む。このゆえに玄籍（深遠な意義をもつ典籍）宇内に盈ち、嘉猷（善いはかりごと）天下に溢てり。ここに愚僧等率して天網（天が罪人を捕えるために張りめぐらす網）

に容り、臥し俯して厳科（厳しい罰）を仰ぐ。いまだ寧処に（心やすらかにおちついて）遑あらず。しかるに法に三時あり、人また三品なり。化制（仏教と制教・衆生教化と戒律の教え）の旨、時によりて興替す。毀讃の文、人に遂って取捨す。それ三古の運（上古は伏義、中古は文王、下古は孔子）、盛衰同じからず。後五（仏滅後の二千五百年を五百年ごとに五期にわけほろんでいく）の機、慧悟また異なり。あに一途によって済はんや、一里について整さんや。ゆえに正・像・末の旨際を詳らかにして試みに破持僧（破戒僧と持戒僧）の事を障さん。なかにおいて三あり。初めには正像末を決す。次に破持僧の事を定む。後に教を挙げて比例す。（以下略）諍（あらそい）後語の第一期は、解脱堅固、第二期は、禅定堅固、第三期は、多聞堅固、第四期は、造寺堅固、第五期は、闘諍堅固である。造寺以後が末法である。とくに最後の闘浄（はげしく戦ってやまない）堅固が問題である。白法隠没せんとある。佛の教え（白法）がこの世から姿を消し去ることである。

末法は、破戒すべき戒法もなく、戒を持する戒法もないと、言っている。さらに言えば、僧に戒法なければ、なんぞ、僧足り得るか。これが、従来からの通説である。

建久二年春、余命幾何のないことに気づかされた親鸞は、急遽、思い立ち、南都を訪ねた。法隆寺の僧・因明学の碩学・覚運僧都の許に参じ、八十日間逗留し学んだ．ついで、高野山へ向かった。末法の世といえども、衆生済度が本命である僧はいかになすや、これがなお課題であった。

最後に目指したのは、金剛峰寺である。宿坊に泊まった。夜分、親鸞が、比叡山から来たと聞かされて、一老人が、茶飲み話にきた。隠居である。坊主頭で、もとは僧侶のようである。

「よくぞ参られた。して、何ぞ高野の山奥まで、足をはこばれしか」

茶を注ぎながら、気さくに尋ねた。

「青二才のそれがし、迷うことばかりでござる。して、率直にお尋ねする。末法に戒法ありや」

「これはまた、むずかしきことよ。されば、末法となにか、こたえられよ」

「末法とは、正法すでに途絶え、造寺、造像も供養ならず、こころなき言教ばかりかと推察いたす」

「なるほど、しかるに、末法は無法ではござらん。無法なき、法、これいかん」

親鸞は、こたえられない。

「世も末という。滅亡であろうか」

老人は笑ってつづけた。

「貴僧は、若い。もっと、生気をだされよ。比叡山は、暮らしにくいか。居りたくないのか」

「顔に書いてあるぞ。昔、空海和上のとき、比叡山から、泰範なる僧が遣わされた。泰範は用件を終わっても、比叡山へ帰らなかった。なぜか」

「空海和上に魅了されたからでしょう」

「魅了とは、宗旨か、人物か」

「宗旨です」

「いかにも。わしが、いいたいことは、別にある。この折、弘仁四年（八一三）、最澄和上は空海和上に【理趣釈経】の借覧をもとめられた。これは、中国の不空和尚が、理趣経を註釈された御本である。空海和上は、最澄和上の求めに応じられなかった。その答書がある。綿密で長文のものである。要点はつぎの通りじゃ。【文章修行でなく、実践修行によって得られる】とされた。即ち、これまで如何に実践修行をなされたか、を問われたのじゃ。いうところは、暗に、まだ不足だと思われたのであろう。そもそも、理趣の道理は、無量無辺にして、日常的な思考を超越するものである。だから、すべてを集約し、末端を削いで、その根本においてとらえなければならない」

親鸞たずねた。

「理趣釈経はいずれにありましょうや」

「本山にある。しかし、門外不出、閲覧も不能じゃ」

「理趣経はどうでしょう」

「それもある」

「閲覧、写経できましょうや」

「できんこともなかろう」


親鸞は、隠居の紹介状を得て、金剛峰寺にいき、写経した。

比叡山に帰り、改めて、親鸞は、理趣経を読み返した。同書から受けた衝撃は止まなかった。体の髄までもゆるがす身震いであった。冒頭の部分を、記す。

その教えは、【一切法は清浄なり】という句門である。（このいちいちについて如来は十七の清浄なるぼさつの位（＝境地）を挙げてつぎのように説きたもうた。）

一　「（男女交合の妙適なる恍惚境も、清浄なるぼさつ（菩薩）の境地である。
二　（欲望が）箭の飛ぶように速く激しく働くのも、清浄なるぼさつの境地である。
三　（男女の）触れ合いも清浄なるぼさつの境地である。
四　（異性を）愛し、かたくいだき繋ごうとするのも、清浄なるぼさつの境地である。
五　（男女相抱いて満足し、世の）一切に自由であり、すべての主であるような心地となることも、また清浄なるぼさつの境地である。

六　（欲心をもって）異性を見ることもまた清浄なるぼさつの境地である。

七　（男女交合して）適悦（こころよき）なる快感を味わうことも、また清浄なるぼさつの境地である。

八　（男女の）愛もまた清浄なるぼさつの境地である。

九　（これらのすべてを身に受けて生ずる）自慢の心もまた清浄なるぼさつの境地である。

十　ものを荘厳（かざ）ることもまた清浄なるぼさつの境地である。

十一　（すべて思うにまかせ）意滋沢（こころよろこ）ばしきことも、また、清浄なるぼさつの境地である。

十二　（みちたりて）光明（ひかり）にかがやくことも、また清浄なるぼさつの境地である。

十三　身（体の快）楽もまた清浄なるぼさつの境地である。

十四　この世の色（もの）もまた清浄なるぼさつの境地である。

十五　この世の声（ものおと）もまた清浄なるぼさつの境地である。

十六　この世の香（かおり）もまた清浄なるぼさつの境地である。

十七　この世のものの味もまた清浄なるぼさつの境地である。

なにゆえに、これらの欲望をなせばとてそれが清浄（きよらか）なるぼさつの境地となるのであろうか。これらの欲望をはじめ、世の一切（すべて）の法（もの）は、その本性は清浄なものだからである。ゆえにもし、真実を見る智慧の眼【＝般若】をひらいて、これらすべてであるがままに眺めるならば、そなたは真実なる智慧の境地に到達し、すべてみな清浄ならざるはない境地になるであろう。（以下略）

親鸞は大嘆息した。大乗の教えに受けて、貪・瞋・痴の戒をうけるものにとって、是認すべきことではない。何度も読み返した。おわりの部分は、意味深長であった。

かくて、一切の如来と大士なる持金剛ぼさつたちは、みなこの座に来り集まり、この法（おしえ）を空しからしめず、礙（とどこ）おらしめず、速やかに完成させようと欲（ねが）って、咸（み）な共に【この法を説いた大びるしゃな如来の智のお姿である】金剛手ぼさつを称讃（たたえ）まつっていう。

「善きかな　善きかな　大なるひと、
善きかな　善きかな　大なる楽、
善きかな　善きかな　こよなき法、
善きかな　善きかな　大なる智慧、
善くこの法教説くときは、

経に金剛の力あり。
この経王（よきおしえ）を身に持たば、
一切（すべて）の魔障（さわり）せまりえず、
ほとけ・ぼさつの位を得、
成就うることかたからず、
一切の如来またぼさつ、
共に勝説（おしえ）を説きおわり、
きくこのなべて成就（すくわ）んと、
心歓ばぬものはなし。

般若理趣経　おわり

親鸞は、諾否を決め得ず、写本を、書棚の底に差し込んだ。

ちなみに、同時代、この理趣経を読んだ僧侶がいた。親鸞と同年に生まれた、華厳宗の僧、明恵である。十九歳の時、夢告に、インド僧から理趣経を授けられた、とある。後年、三十九歳の建暦元年（一二一一）十二月二十四日数多い夢のなかで、ひとつの夢を、明記した。

一大堂あり。その中に一人の貴女あり。面貌ふくら顔にして、もってのほかに肥満せり。

……この人と合宿、交接す。人、皆、菩提の因となるべき儀と云々。すなはち互いに相い抱き馴れ親しむ。哀憐の思い深し。

明恵は、二十年近くも、理趣経の思いをひきずっていたのであろう。ただし、実行はしなかった。

理趣経に「百字の偈」がある。読み下す。

菩薩の勝慧（すぐれた智慧）ある者は、乃し生死を尽くすに至るまで、恒に衆生の利を作して、しかも涅槃に趣かず（やすらぎの世界にいかない）、般若（波羅蜜多）と及び方便との、智度（智慧の完成）をもって悉く加持（力添え）し、諸法及び諸有一切（あらゆるもの）みな清浄ならしむ。

欲等（欲望）をもって世間を調して（調え）、浄除することを得しむるがゆえに、有頂（最高天）より悪趣（苦界）に及ぶまで、調伏して諸有（小学生）を尽くす。

蓮体（赤蓮華）の本染（もともとの色）にして、垢の為に染せられざる（そまったのでない）如く、諸欲の性も（人間のもろもろの翌望の本性も）また然り、不染にして群生すべての存在を利す。大欲清浄を得、大安楽にして富饒なり。三界（世界）に自在を得て、よく堅固の利をなす。

明恵が、この教えを生涯守っていったところが、親鸞との違いであろう。

引き続き、親鸞を苦しめたものは、末法である。「化身土文類六」にていう。

「末法のなかにおいては、ただ言教のみありて行証なけん。もし戒法あらば、破戒あるべし。すでに戒法なし、いづれの戒を破せんによりてか破戒あらんや。破戒なほなし。いかにいはんや持戒をや。ゆえに【大集】にいはく、〔仏涅槃の後、無戒州に満たん〕と云々。

問ふ。諸経律のなかに、広く破戒を制して衆に入ることを、聴さず。破戒なほしかり。いはんや無戒をや。しかるにいま重ねて末法を論ずるに戒なし。あに瘡なくして、みずからもって傷まんや。

答ふ。この理しからず。正像末の所有の行事、広く諸経に載せたり。内外の道俗たれか被諷（暗んじて知っている）せざらん。あに自身の邪活を貪求して、持国の正法を隠蔽せんや。ただし、いま論ずるところの末法には、ただ名字の比丘のみあらん。この名字を世の真宝とせん。福田（福徳を生み出す）ならんや。たとひ末法のなかに持戒あらば、すでにこれ怪意なり。市に虎あらんがごとし。これたれか信ずべきや。

この答えは「大集」の第九にいう。

「もし浄持戒なくは、漏戒（戒をうしなった）の比丘を以て無上とす。もし漏戒なくは、剃除鬚髪（あごひげや髪をそりおとす）して身に袈裟を着たる名字の比丘を無上の宝とす。余の九十五種（外道）の異道に比するに、もっとも第一とす。世の供を受くべし、物のための初めての福田なり。なにをもってゆえに、よく身を破る衆生怖畏（おそれる）するところなるがゆえに。護持養育して、この人を安置することあらんは、久しからずして忍地（無生法忍の地位）を得ん。」

異常の見解と云わざるをえない。形だけの袈裟を着た比丘を仏法の宝とするとは、破戒の僧においても同等としている。そこまでも、おちるのか、親鸞は暗たんとした。

建久九年（一一九八）、親鸞は、京都で正月の儀式に加わり、その帰りに赤山明神を参詣した。参道をいくうちに、神籬（垣根）のかげからひとりの女性が出てきた。柳裏の五衣に、ねりぬきの二重を着ていた。気品があり、宮中の女人のようである。そそくさと近寄り、会釈して言葉をかけてきた。

「比叡山のご坊のかたでしょうか。日ごろから比叡山にお参りしたいとおもっておりました。ついでながら、お会いしたのも、ご縁のあかし、比叡迄、わらわをお導きねがいたくぞんじあげます」

親鸞は、丁重に断った。

「わが比叡山は女人禁制の山です。残念ですが、まっすぐにお帰り下され」

女人は失望した。目が潤んでいた。

「これはまた、情けないお言葉、最澄和上ともあろうお方が、女人禁制とは」

「法華経に、変性男子というお話があります。女人は男子に変わらねば、仏にお会いできません」

「御承知でしょう。一切衆生悉有仏性とお経は説いておられます。〔十界皆成ず〕とはご坊も唱えてあるはずです。女をのぞいて、何が衆生救済といいえましょう。仏陀在世の時代、女人の弟子もおおくいたはずです」

親鸞は、絶句して立ちすくんだ。女人は、懐から或るものを取り出し、目の前にさしだした。

「わらわは、山にのぼれば、この玉を、和上にさしあげたいとおもっていました。もし、仏の教えが、高い峰のうえにとどまって、下界に水のようにながれないなら、ほんとうの教えといいえましょうか。女人をいれられない、この玉もむだなことです」

女人は、玉をあしもとに放置した。

「いまは、わからないにしても、千日後には、お分かりになりましょう」

女人は袖をはらうようにして、答えをも聞かずに立ち去った。親鸞は、地面にあった玉を、拾いあげた。袋に納まっていた。開くと、ひかりを発した。と同時に香のにおいをかいだ。不覚にも、親鸞は、女人を意識した。捨てることもならず、持ち帰った。

一切衆生悉有仏性は、親鸞にとって、唱え文句の形骸にすぎなかったのである。時に親鸞は二十六歳であった。

この年、法然は「選択本願念仏集」を著した。親鸞はこれを知らない。

「磯長（しなが）の夢告」を受けた十年後の、正治二年（一二〇〇）十二月上旬、親鸞は、比叡山の南の無動寺に在る大乗院に参り参篭した。人にも会わず、室内に籠りきり、ただ、給仕の正全坊のみが侍従した。正全坊は、不審に思い、夜もすがら寝ずに、杉戸に耳をあてて、伺うに、弧灯かすかにして、親鸞は西南に向かい、趺坐して、合掌を額にあてている気配である。密かに偈文が聞こえた。


我三尊化塵沙界、日域大乗相応地、諦聴諦聴我教令、汝命根応十余歳、命終速入清浄土、善信善信志真菩薩。


と聞こえる。親鸞の声調には悲愁の思いが滲んでいた。

おりしも、師の僧正より聖光院の坊官・木幡民部が、親鸞の密行を見舞いに登ってきた。民部が下山のとき、正全坊が門外に送って出て云った。

「あなかしこ、僧正へは務々申したまうまじ、こたびの密行は、全く別意にあらず。唯、今年は、遷化（死期）と思い極められたように見受ける」

民部は呆然として其の故を尋ねた。正全坊は詳しく答えた。

「されば、是迄は口外せざれども、今は申しあげても、さわりなからん、範宴房、すぎにし十九歳の九月、河州磯長の御廟にて余命十年を示現されしこと、亦この密行のありさま、まさに、十八歳にて命終と指ししめられた今日、いかに凌がんや、御誦文、苦痛の極みなり」

「此の末は、いかなる世になるであろう」と民部は嘆いた。しかし、僧正へはただ、何事もなかったように言上した。

同月下旬の満願の日の前夜四更（午前二時ころ）、親鸞は、二回目の夢告を味わった。親鸞は自己暗示につよかった。潜在能力のせいであろう。

如意輪観音告命を受けた。

善いかな　善いかな　汝の願将に満足せん
善いかな　善いかな　我が願　亦満足す

はっとして寝覚め、親鸞は、反芻した。前回の夢告「汝が命根は応に十余歳なるべし」の死の予告は猶予されたのか。我が身をつねって、痛さを感じた。「和が願亦満足す」とは、如意輪観音の思し召しである。希望の予感が生じる。しかも、「善きかな」の文言は、理趣経と同じ文言である。また前回の夢告の最後は、「善く信ぜよ善く信ぜよ　真の菩薩を」とある。暗示は符合する。親鸞は、そこに叱咤する観音の声を聴いた。

これより先、文治五年（一一八八）の冬、親鸞は、摂津の国・四天王寺を訪ねて聖徳太子の真筆「法華経」「勝鬘経（しょうまんきょう）」を拝見、学僧・良秀僧都に学んだ。つづいて、文治六年（一一八九）十月、比叡山の根本中道と山王神社に毎夜、二十一日間、参詣・祈願を行っていた。

翌年、建仁元年（一二〇一）一月一日、親鸞は、京都の六角堂に百日間参篭した。比叡山から、赤山を超えて京都に通う日参の過酷な修行である。夕刻前に六角堂につき、翌朝、山に帰る繰り返しである。風雪を問わない。

六角堂は、頂法寺の俗称である。京都六角通り烏（からす）丸東にあった。天台宗で、旧名は雲林寺である。聖徳太子（五七四～六二一）の開創になり、用明天皇二年（五八七）、太子が四天王寺造立のため用材を求めてこの地に至り、六角の小堂を建てて、如意輪観音像を安置したのを期に始まった。

参篭への途中、三月の始めころ、京都の三条の大橋で、旧知の聖覚に出くわした。さきに声をかけたのは、聖覚であった。気難しい顔をした親鸞にいった。

「範宴どの、何か心配ごとでもおありか」

「これは聖覚さま、よくぞお尋ねなされた。拙僧、願い事あって参篭中の身でござる」

「参篭とはまた殊勝なり。してその願望とは」

「その願望がわかりません。自分ながら、なさけない次第で」

「天台の教えに反する事かな」

「あえていえば、そのようです」

「いま、新しい念仏を説く和尚がおられる」

「どなたさまですか」

「法然和尚といわれる」

「してその念仏とは」

「ついこの頃、選択本願念仏集というものを著された」

「法然和尚は、どこにおられましょう」

「吉水（よしみず）におられる。拙僧もときどきおたずねしておる」

「かたじけない。いずれおうかがいもうしあげる。今日のところはいそぐので失礼いたしまする」

三月十四日朝、親鸞は比叡山に戻らず、六角堂からそのまま、吉水の法然を訪ねた。折しも禅坊では、十四、五人の，黒染めの法衣をまとった僧侶が、法然を中にして、生死出離の要路について、講義を受けているところであった。彼らは、南都・北嶺の学僧であった。ひとしきり講義がおわると、親鸞は、法然に呼ばれた。法然の前に着座、一礼して見上げると、法然の柔和な目に遭った。自己紹介した。

「私は、慈円僧正の弟子、少納言範宴と申します。往生後世について、御教導願いたく参上しました」

法然は答えた。

「貴公の存念を申されよ」

「遮那業（しゃなぎょう）の常行三昧（般舟三昧（はんじゅさんまい）ともいい、七日もしくは九十日と予め一定の日時をきめ、その間、身・口・意の三業において一心に専ら正行をもって少しもおこたるなきをいい、これを修めれば眼前に諸仏を見るといわれる）を教わりました」

「なるほど」

数回の問答あって、法然は結論を述べた。

「道綽禅師、聖道・浄土の二門を建てて、しかも聖道門を捨てて、他力浄土門に帰された。いま貴公がいわれたことは、いずれもこの自力の聖道門である。当今は末法という、現にこれ五濁悪世である。ただ浄土の一門のみありて、浄土へ通入すべき路がある。この故に大経はいう。【もし衆生ありて、たとひ一生悪を造れども、命終の時に臨んで、十念相続して、我が名字を称せむに、もし生ぜずといはば、正覚を取らじ】と。いまここに参られしこと、貴公の宿縁なり。おろそかにせず、勉学なされよ」

親鸞は、目の開く思いで、六角堂への帰路をたどった。

ちなみに、聖覚（一一六七〜一二三五）は、親鸞より六歳年上の天台僧である。竹林房静厳に師事した。静厳は、親鸞が比叡山にはいった最初の師であるから、聖覚は法兄にあたる。聖覚の父澄憲も天台の僧で、安居院（あグイン）流の唱導（説法）を唱え、聖覚もこれを継ぎ、のち、安居院聖覚法印と称された。同時に法然にも支持し、敢えて、流派にこだわらなかった。妻帯者であった。

お籠りをはじめて九十五日の四月五日暁のことである。「親鸞夢記」はいう。

六角堂ノ救世大菩薩ガ、顔カタチノトトノイ
スグレタ僧ノ姿をアラワシテ
マッシロな御ケサ（僧衣）ヲキテ
広ク大キナ白イ蓮華ノ花ノ上ニシッカリトスワッテ
ワタシ（善信）ニツゲテイウニハ、
　行者宿報（ぎょうじゃしゅくほう）ニテ設（たと）ヒ女犯（にょぼん）ストモ
　我、玉女（ぎょくじょ）ノ身ト成リテ犯（ほん）セラレム
　一生ノ間能ク荘厳（しょうごん）シテ

臨終（りんじゅ）ニ引導シテ極楽ニ生セシメム
行者ガコレマデノ因縁ニヨッテ、タトイ女犯
（女性と肉体の交わりをすること）ガアッテモ、
ワタシ（観音）ガ玉女ノ身トナッテ肉体ノ交ワリヲウケヨウ、
一生ノ間、能ク荘厳（そうごん）（永遠化すること）シテ、
ソノ死ニサイシテ、引キ導イテ極楽ニ生ゼサセヨウ
救世菩薩ハ此ノトナエテイウニハ【此ノ文ハワタシノ誓願デアル。一切ノ人々ニトキキカセナサイ】トツゲラレタ。コノシラセニヨッテ数千人ノ人々ニコレヲ聞カセタ、トオモワレタトコロデ、夢ガサメオワッタ」

この夢告には聖徳太子の名は、出てこない。平安時代中期、天喜二年（一〇五四）、河内国磯長の聖徳太子廟付近にメノー石が出土した。そこに「太子御記文」がほられており、つづけて、太子廟に刻まれていた「太子廟窟偈」も発見された。これを親鸞は、書写し、読んでいたのである。偈文は、つぎの通りである。太子の誓願が期してある。

大慈大非本誓願　愍念衆生如一子

是故方便従四方　誕生片州興正法
我身救世観世音　定慧契女大勢至
生育我身大悲母　西方教主弥陀尊
真如真実本一体　一体現三同一身
片域化縁亦已尽　還帰西方我浄土
爲度末世諸有情　父母所生血肉身
慰留勝地此廟窟　三骨一廟三尊位
過去七仏法輪処　大乗相応功徳地
一度参詣離悪趣　決定往生極楽界
印度号勝鬘夫人　晨旦称恵思禅師

しかし、永仁三年（一二九五）に「親鸞伝絵」を著した宗昭は、この偈文に飽きたらず、同伝絵の第三段に書き記した。

「建仁三年四月五日夜寅刻時、聖人（親鸞）夢想の告ましましき。彼記に云く、【六角堂の救世(ぐぜ)菩薩(ぼさつ)、顔容端厳(がんようたんげん)の聖僧の形を示現して白衲(はくのう)の袈裟を着服せしめ、広天の白蓮華に端座して善信（親鸞）に告命(ごうめい)してのたまわく、行者宿報設女犯、我成玉女身被犯、一生之間能荘厳、臨終引導生極楽・文。救世菩薩、善信に言く、〔此は是れ我誓願なり。善信此の誓願の旨趣を宣説して一切群生に聞かしむべし」と云々。】」（下略）

高田の専修寺に伝わる「三夢記」の「親鸞夢記云」の建仁元年（一二〇一）の項目に次の「夢記」がある。

建仁元歳（一二〇一）辛酉四月五日夜寅時（午前四時）
六角堂救世大菩薩（聖徳太子）告命シテ
善信ニ言
行者宿報設女犯
我成玉女身被犯
一生之間引導生極楽　文
干時建長（一二三〇年）第二庚戌四月五日
愚禿釈親鸞七十ノ一歳書之
釈覚信尼へ

よって、この「行者宿報設女犯」の偈が、親鸞の潜在意識に残留し、六角堂の夢にあらわれたのである。

親鸞は、夢から覚めて体に異変を感じた。夢精を放っていたのである。確かに女体をだいたのである。実感はなまなましかった。否定のしょうもない。それを観音の身代わりとはなんのことか。清浄の境地という、理趣経の文言が蘇った。これはいうところの邪淫ではない。本然ではないか。そうだ、本然は清浄であったのである。

百日の満願の日、親鸞は比叡山に帰り、下山して法然に参ずることを申し出た。僧綱は反対した。下山の理由をただした。親鸞は応えて、考えのかわらぬことを、述べた。のちに、恵信尼はこの時の事情を書簡に記した。

【「ただ後世のことは、よき人にも、悪しきにも、おなじように、生死出づべき道をば、ただ一筋におほせられ候し」さらに「人はいかに申せ、（親鸞）がたとひ、悪道にわたらせたまふべしと申（もうそ）うとも、世々生々にも迷ひければこそありけめ、とまで思ひまいらする身なれば」と、ようように人の申し候ひしときも仰せ候ひしなり】

これは、法然の「善人」と同様、「悪人」もまた、救われるとの説を平（ひら）たくいったものである。

僧綱は言い切った。

「あんな間違いの教えを述べている法然は、地獄におちるだろう」

親鸞は「たとい、悪道におちようとも、法然上人についてまいる」と言い残し、自ら破門したのである。二十九歳になっていた。

　この年二月、慈円は、天台座主に再選された。親鸞の破門について、記事がないことは、知らなかったのである。

二　法然

正治三年（一二〇一）（改元二月十三日・建仁）四月中旬、比叡山を下山した親鸞は、養家に帰らなかった。養家日野範綱宅で同居していた弟尋有は延暦寺に出家、のちに東塔の東谷善法院の院主で、根本中堂執行、常行検校となった。呼び名は大輔で、権少僧都に昇進、善法院僧都と号された。京都三条富小路に善法院の里坊があり、親鸞は、晩年ここに同居した。

次弟、兼有は、三室戸の父範有のもとから、伯父日野範綱の子となり、天台宗の園城寺を本山とする寺門派に属して、不詳だが、ある聖護院門跡の門人になった。呼び名は、侍従で、権律師に昇進、萱房律師と号した。

三弟は有意である。延暦寺に出家、呼び名は三位で、法眼に昇進、阿闍梨となった。密教を修したようである。

四弟は、行兼である。兼有と同じく日野範綱の子となり、兄兼有の弟子となった。呼び名は、刑部卿で、権律師に昇進、聖護院門跡の門人となった。

総じていえることは、親鸞の家は俗縁に薄く、法縁に厚いことは、父日野範有の困窮のせいであろう。兼有・有意・行兼の三人は、異母弟である。

親鸞は、比叡山をくだり、しばし、加茂川のほとりに休息し、思案した。独り身になって気づいたことは、自分に生活能力がないことであった。吉水の法然は、無収入の親鸞を受け入れてくれるであろうか。考えてみたことがなかった。

京都には、昔の貧窮者・病人を救済する悲田院のながれを汲む、泉涌寺派の悲田院があったが、今では、ここに入るには、それなりの罪人（濫僧）、囚人であることが条件であった。親鸞はまだ濫僧ではない。

当時京都は、天災が多発した。安元三年（一一七七）大火が広がり三分の一が焼失した。治承四年（一一八一）、辻風が旋風した。養和二年（一一八二）、飢饉、疫病が蔓延した。元暦二年（一一八五）大地震が発生した。家をうしなったものたちが、川原に仮屋をたて、夜露をしのいだ。今もその名残が引き続いていた。

同時代、元久二年（一二〇五）に出家した鴨長明は、建暦二年（一二一二）、当時の世情を記した「方丈記」を著した。その中でいった。

ゆく河の流れは絶えずして、しかも、もとの水にあらず、よどみに浮ぶうたかた（泡）は、かつ消え、かつ結びて、久しくとどまりたる例なし。世の中にある、人と栖と、またかくのごとし。（中略）

また、養和のころ（一一八一～一一八二）とか、久しくなりて、たしかに覚えず、二年があいだ、世の中飢渇して、あさましき事侍りき。或は春・夏ひでり、或は秋・冬、大風・洪水など、よからぬ事どもうち続きて、五穀ことごとくならず、むなしく春かへし、夏植うるいとなみのみありて、秋刈り、冬収むるぞめきはなし。（収穫のにぎやかな楽しみがない）

これに依りて、国国の民、或は地を捨てて境を出て、或は家を忘れて山に住む。さまざまの御祈りはじまりて、なべてならぬ法（特別に念を入れた修法）ども行はるれど、さらにそのしるしなし。京のならひ、何わざにつけても、源は、田舎をこそ頼めるに、たえて上るものなければ、さのみやは操もつくりあへん。（体裁をつくろってはいられない）念じわびつつ、さまざまの財物（宝物）、かたはしより捨つるがごとくすれども、さらに目見立つる人なし。たまたま換ふるものは、金を軽くし、粟を重くす。乞食路のほとりに多く、愁へ悲しむ声耳に満てり。

（中略）世の人みなけいしぬれば、（飢え死になれば）日を経つつ、きはまりゆくさま、小水の魚のたとへにかなへり。はてには、笠うち着、足ひき包み、よろしき姿したるもの、ひたすらに、家ごとに乞い歩く。かくわびしれたるものどもの、歩くかと見れば、すなはち倒れ伏しぬ。築地のつら、道のほとりに、飢ゑ死ぬるもののたぐひ、数も知らず。取り捨つるわざも知らねば、くさき香り世界に満ち満ちて、変りゆくかたち有様、目もあてらぬ事多かり。いはんや、河原などには、馬・車の行き交ふ道だになし。（中略）濁悪世（末法の世）にしも生れあひて、かかる心うき（落ちつかない）わざ（業）のなん見侍りし。

川の流れに目を遊ばせるうち、親鸞はまどろんだ。ふと、よばわる声に目覚めた。禿頭のいかつい男の顔があった。男は言った。

「お坊さんでござるな」

「いかにも」

「ちかくの権蔵ともうすもの、お願いがござる」

「なにごとならん」

「死者が出た。坊さんがいない。よって、念仏を頼みたい。この通りでござる」

男は、平身低頭した。

「拙僧、そんな者ではない」

「そこをなんとしても、お願いもうす。でなければ、成仏できない」

成仏できないと聞いては、無視できない。不承不承、親鸞は、男のあとにつき従った。死者の小屋は、河原の、浮浪人らの茅葺の集落の中にあった。死者は、老女である。菰に包まれ、顔がのぞいていた。げっそりとして頬がおちこんで、出っ歯が白い。ひとりの老人が枕元に控えている。男が言った。

「ばばさんは栄養失調でござる。こいつは、旦那である。なんの財産もない。共斃れもよいとこでござる。念仏、頼みまする」

親鸞は、念仏を唱え、阿弥陀経を挙げた。終わるとすぐに野辺送りとなり、手不足で、親鸞は茶毘所（だびしょ）まで、同伴した。骨を抱えて帰り、その夜は、権蔵の所に泊った。これも掘っ立て小屋である。権蔵手製の夕食・宍肉（ししにく）を頬張り、そのあいまに、権蔵は、これまでの経緯を語った。

老人夫婦は、治承の歳（一一七七～一一八〇）の旋風に商家を破壊され、修繕してほそぼそと手狭に営業していたが、よる年並にかてず、家をたたんで隠居ぐらし、財産をも食いつぶし、後継ぎもなく、昨年、加茂川の川原にまぎれこんでいたのである。

一方、権蔵自身は、かつてある寺の財物を盗人し、捕らえられて、泉涌寺の悲田院に囚人となった。しかし、すぐに悲田院を脱走し、かつて知遇をえていた老夫婦の近くに潜りこんだ。いわゆる、神人（じにん）（神社の寄人・祇園社の犬神人）、悪僧、盗人（ぬすっと）、放免（方面から）（刑期を終えた出獄人）、雑色（ぞうしき）（幕府の雑役者）の類いである。

権蔵は、「自分は祇園社の犬神人(いぬじにん)で、食う事には困らない」といって笑った。犬神人は、神舎の清掃人の一種である。外に雑用として、葬儀を請け負った。別名、「つるめそ」と呼ぶ。その謂いは、弓弦を作って売っていたので、「弦売り」「弦指」とも呼ばれ、その「弦召せ」の呼び声から「弦召」（つるめそ）と呼ばれた。

しかし、親鸞には、死者に対面して別の感慨があった。念仏を自ら唱えずに死んで、あと極楽浄土へいくことができようか。阿弥陀経読誦(どくしょう)になんの効験(くげん)があろうか。源信和尚の「往生要集」を思いおこしても、この答えはない。最悪でも、生前の帰依なくも、臨終に念仏をとなえれば、往生まちがなしとは、あった。しかし、みずから念仏できないものが、往生できるであろうか。単純な疑問に、答えられなかった。

翌日、親鸞は、意を決して、吉水に法然を訪ねた。別れに際し、些少だがと断って、権蔵は親鸞に布施を贈った。

法然は、長承二年（一一三三）、美作(みまさか)国久米南条の稲岡庄に生まれた。父は漆間時国(うるまときくに)で、久米郡の押領使であった。母は秦氏で、先祖は渡来人であったろう。幼名を勢至丸と称した。九歳のとき、稲岡庄の預所(あずかりしょ)・明石定明の闇討ちに遭い、重傷を負った。最後に臨み、勢至丸に遺言した。

「自分はとても助からない。この疵によって死ぬるが、しかし、決して敵を恨んでくれるな。

もしお前が復讐を思うなら、争いはいつまでも絶えないであろう」

法然は、母をも無くした。母の弟で、勝田郡奈義町高円の菩提寺院主感覚に引き取られた。天養二年（一一四五）、法然は十三歳にして、観覚の薦めで比叡山に入った。北谷の地法房源光に師事した。その二年後、功徳院肥後阿闍梨皇円の室に移った。皇円は、関白藤原道兼の四世の孫、豊前守重兼の子で、長兄の資隆が肥後守であったことから、肥後阿闍梨と号していた。

久安三年（一一四七）、法然は十五歳にして、比叡山の戒壇院で大乗戒を授けられ、出家受戒の本望を遂げた。皇円の指導の許、「天台三大部」（法華玄義・法華文句・摩訶止観）を読破した。久安六年、十八歳の法然は、皇円の許を辞し、遁世して比叡山西塔の黒谷の叡空の室にはいった。叡空は、右大臣久我雅定の出家の戒師を勤めた。黒谷の別所は、源信の系統の「二十五三昧」を修するところで、法然は、叡空の教導ものと、戒律を護持し、三昧の念仏の生活にはいったのである。叡空からは、「年少であるに出離の志をおこすことは、まさしく法然道理の聖（ひじり）」であると絶賛され、法然房の房号と、源光と叡空とから一字づつをもらって「源空」という諱を授けられた。

ある時、叡空が「往生要集」の講義をし、念仏に「観」と「称」の二つを立てて、称名を観仏に含め、観仏の優位を強調した。法然は苦言を呈した。

「往生要集の序の言葉に【念仏の一門に依る】とあり、称名が根本ではありませぬか」

叡空は答えた。

「先師良忍も観仏がすぐれていると仰った」

法然は自説を固持した。すると、叡空は、立腹し、小癪な小僧とばかりに、木枕を投げつけた。法然はそそくさとして退去した。法然には、称名念仏優先こそが大義であった。

さらに別の機会に、法然は、叡空に、「往生のためには、称名の念仏にまさる行為はない」といった。叡空は「観仏のほうがすぐれている」と反論した。法然は「称名は本願の行であって、すべてにまさると主張、叡空は「良忍上人も観仏が称名よりすぐれているとおおせられた」と反論した。法然は「良忍上人は、拙僧よりずっと昔のひとである」と突っぱねた。さらに続けていった。「善導和尚の観経疏をご覧あれ、称名がすぐれていることはあきらかです」

法然が影響を受けた「観経疏」散善義の一文は次の通りである。

一心に専ら弥陀の名号を念じて、行住坐臥、時節の久近を問わず、念ねんに捨てざるもの、これを正定の業と名づく。かの仏の願に順ずるが故に。

これは師叡空の境地を凌駕するものであった。時に、承安五年（一一七五）のことである。

同年法然は、黒谷を出て、西山広谷のもとから東山大谷(吉水(よしみず))に移住した。四十三歳になっていた。

移住後、十二年目の文治二年（一一八六）、天台僧顕真が、自坊のある洛北大原の別所に法然を招き、浄土の教文を聴く会を催した。すでにして、法然の浄土の教えは、念仏聖として、衆人の認めるところであった。大原の談義に参じたものは、主として、次の通りである。

光明山の明遍、笠置の解脱房貞慶、大原の本成房、東大寺勧進・俊乗坊重源、嵯峨往生院・念仏房、大原来迎院・明定房蓮契、天台の智海・証真らで、およそ三百人が列座した。

明遍は、藤原通憲（信西）の第十四男で、安居院流の唱導で名をはせた澄憲は、その兄にあたる。また貞慶は甥である。

貞慶は、藤原貞憲の子、通憲の孫である。興福寺で法相を学び、のち山城の笠置寺に隠れ、海住山寺で死去した。のち、元久二年（一二〇五）、興福寺の衆徒が、専修念仏禁断を訴えたとき、貞慶は、その奏上を起草した。法然の弥陀念仏を批判して、唐招提寺で釈迦念仏を興隆した。

これに先だち、法然と顕真は、事前の内合わせをした。顕真は法然に尋ねた。

「このたび、いかがして、生死をはなれ侍るや」

法然は即座に答えた。

「まず極楽浄土に往生すべきなり」

「容易に極楽往生を遂げるには、どのようになすべきや」

「成仏は難しい。往生は易しい。唐の道綽和尚、善導阿翔の釈義によれば、仏の眼力に乗じて、我々、乱想の凡夫も、そのまま往生できる」

感じ入った顕真は、百日の間、大原に籠居し、改めて道綽・善導の著述を点検し、その結果、大原の勝林院の丈六堂に法然を請じ、南都・北嶺の賢徳を参加せしめたのである。

法然は、談義でまず、法相・三論・天台の諸宗の、修行や悟りについて述べた。これらの聖道門は、みな義理には厚く、利益もあり、教えと人とが相応すれば悟りを得ることができる。それに比べ、自分のような頑愚の者は、容易に悟りをえられない。ただ浄土の一門によるのほか、迷いの世界から逃れることはできない」ときりだし、最後に「これは、自分の力量の限界を述べただけで、すぐれた人々の修行を妨げるものではない」と〆くくった。最後は、顕真の発議で、高声念仏が始められ、三日三晩、不断念仏の声が大原の山に響いた。

寿永四年（一一八五）三月、平家一門は、壇ノ浦の戦いで滅亡した。清盛の時代、失意の状態にあった、公卿の九条兼実は、源氏の登上とともに、文治二年（一一八六）右大臣から摂政となり、さらに文治五年（一一八九）には、太政大臣を兼ねて、十年間、その地位にあった。

兼実は、文治五年、法然の外護者となった。法然は五十七歳、兼実は四十一歳である。八月一日、兼実は、法然を自宅に迎え、法門の語及び往生の業を受け、八日、法然から戒をうけ、念仏を始めた。その後、法然の談話を聞くたびに戒を授かること、正治二年（一二〇〇）まで、九回に及んだ。この戒は、天台宗の戒である。大乗菩薩戒(三聚浄戒)である。三つからなる。摂律儀戒（すべての戒を受容し、身を慎み、悪事を侵さぬこと）、摂善法戒（すべての善法を修することを戒とし、修儀に努め人格を高め、完成すること）、摂衆生戒（すべての人のために力を尽くすこと）である。兼実の場合、この摂善法戒で、病気・邪気治療の「効験」を期待したもので、現世利益に近い。

本来、戒は聖道門の修法である。浄土門にはないものである。法然が、戒を授けることは、天台宗の教化である。浄土宗との矛盾である。法然は、比叡山で、良忍、叡空に伝えられた円頓戒を相承した。他の念仏聖と同様、自己の伝授した戒の「効験」によって在家者と好縁を結ぶ必要があった。のみならず、法然自身も、不断念仏を修したあとも、これを放棄することなく、また自己が伝える戒を放棄することなく、終生、持戒の聖として、生活した。

この間、正治九年（一一九八）には兼実の要請で、法然は「選択本願念仏集」を撰述した。この「念仏集」の「弥陀如来、余行をもって往生の本願としたまはず。ただ念仏をもって往生の本願としたまへの文」の項に、念仏の意義を示した。一部を記す。

念仏は易きが故に一切に通ず。諸行は難きが故に諸機に通ぜず。しかれば則ち一切衆生をして平等に往生せしめむがために、難を捨て易を取りて、本願としたまふか。もしそれ造像・起塔をもって本願とせば、貧窮困乏の類は定んで往生の望を断たむ。しかも富貴の者は少なく、貧賤の者は甚だ多し。もし智慧高才をもって本願とせば、愚鈍下智の者は定んで往生の望を断たむ。しかも智慧の者は少なく、愚痴の者は甚だ多し。もし多聞多見をもって本願とせば、少聞少見の輩は定んで往生の望を断たむ。もし持戒・持律をもって本願とせば、破戒・無戒の人は定んで往生の望を断たむ。しかも持戒の者は少なく、破戒の者は甚だ多し。自余の諸行、これに准じてまさに知るべし。まさに知るべし。上の諸行等をもって本願とせば、往生を得る者は少なく、往生せざる者は多からむ。しかれば則ち、弥陀如来、法蔵比丘の昔、平等の慈悲を催されて、普く一切を摂せむがために、造像・起塔等の諸行をもって、往生の本願としたまはず。ただ称名・念仏の一行をもって、その本願としたまへるなり。

法然は、「念仏集」の末尾に記した。

庶幾（こいねが）はくは一たび高覧を経て後に、壁の底に埋めて窓の前に遺すことなかれ。おそらくは破法の人をして、悪道に堕せしめざらむがためなり。

法然の老婆心である。「念仏集」をお読みになって、そのあとは、壁の底に隠し、窓の前におきざりにされないように、法を破る人がみれば、悪の道におちいるかもしれない。法然は、「念仏集」が、聖道門のひとがみれば、危険なことがおこる予感をいだいていたのである。

話は、親鸞に戻る。

親鸞が、吉水の禅坊に招じ入れられた時、そこでは、黒染めの法衣をまとった十四・五人の僧侶が集まり、出離生死の要路について、法然の講和をきいているところであった。僧侶は、南都・北嶺の学僧であった。ひとしきりして、親鸞は、法然に呼ばれた。法然の目はすずやかであった。親鸞は名乗った。

「私は、慈円僧正の弟子、少納言範宴ともうす。上人のご高徳をうかがい、生死出離の大事をおたずねするため参上仕った」

法然は答えた。

「慈円僧正の弟子であられたか。まずは、貴公の思いをきかされよ」

親鸞は、常行三昧の念仏について、疑義をのべ、称名と観仏の優位、生死往生の効験を尋ねた。

「貴公の考えはいずれも自力聖道門の教えだ。いま他力浄土門を説諭す。当今は末法、現にこれ五濁悪世なり。ただ浄土の一門ありて通入すべき路なり。この故に大経に曰う。【もし衆生あって、たとひ一生悪を造れども、命終（めいしゅう）の時に臨んで、十念相続して、我が名字を称せむに、もし浄土に生ぜずといはば、正覚を取らじ】とある。よくよく考えられよ」

法然は、親鸞の入門を許した。親鸞は、通うための住居の用意のため、一日の猶予を乞い、権蔵のところに戻った。事情を話し、適当な場所を探してくれるよう依頼した。懐から、今朝、頂戴した布施をさしだしていった。

「これにてお頼みする」

権蔵は、あっけにとられて、いった。

「これを使ってしまわれては、あとはどうされるおつもりか。昨日のお話では、収入のみちがないといわれたではありませんか。いまどき、すかんぴんの坊主に金貸す馬鹿は、きいたことありませんぞ」

権蔵は親鸞の懐具合を承知しているのである。親鸞は答えようがない・

「おまえさん」と呼び方が変わった。権蔵は四十歳に近い。「どうしても、修行したいといわれるなら、あっしにも、考えがあります」

「お願いいたします」

「ひとつは、借家でなく、各所にある廃屋を探す。あとのひとつは、死人の供養をして、布施にありつく。死人は、あっしが探す。よいな」

「はい、ただひとつ、お願いがあります」

「なんじゃ」

「家は、吉水に近いところをお願いします」

「勝手なことよのう。しかし、わかった」

夕刻、返ってきた権蔵は報告した。

「粟田口の北に、岡崎というところがある。無人の空き家じゃ。雨露はしのげるようじゃ。家賃はいらん。ここであれば、吉水も近い。しばらくの辛抱じゃ」

「承知しました」

翌日、両人は、岡崎を訪れ、了解した。

親鸞は、吉水で修行に入った。浄土三部経（阿弥陀経・観無量寿経・大無量寿経）を連読し、その他浄土系の諸経を読み取り、法然に問答した。

同年四月五日、親鸞は、六角堂に参り、通夜に参加した。夜明けまで念誦・礼拝し、先の夢告の曠大なる恩に報謝した。

百日後、ついに親鸞は、法然から、綽空の名をもらった。綽は、道綽の「綽」、空は、法然（源空）の「空」である。このほかに、仮名として、善信を自称した。法然は、これを了承し、自分の真影に直筆をもって書き、これを親鸞に授けた。善は、善導の「善」である。信は、源信の「信」である。

この年、法然は、門徒との問答集（一百四十五箇条問答）を示した。一部を記す。

一　にら（韮）・き（葱）・ひる（蒜）・しし（鹿）を食いて、香失せ候はずとも、つねに念仏は申し候べきやらん。

答　念仏は、何にも障(さえぎ)らぬ事にて候。

一　さけ（酒）飲むは、つみ（罪）にて候か。

答　まことには、飲むべくもなけれども、この世のならい（習い）。

一　魚、鳥、鹿は、変り候か。

答　ただおなじ。

一　産のいみ（忌）いくか（幾日）にて候ぞ、亦いみもいくか（如何）にて候ぞ。

答　仏教には、いみという事候はず、世間には産は七日、いみも五十日と申す、御心に候。

一　神に後世を憑(たの)むはいくかにて候ぞ。

答　仏に頼むこと以上に無し。

一　臨終の時、不浄のものの候には、仏の迎えに渡らせ（渡る）給(たま)いたるも、返らせ給うと申し候は、まことにて候か。

答　仏のむかへにおはしますほどにては、不浄のものありというとも、なじか（何故）え給うべき、仏はきよき（清き）・きたなき（汚い）の沙汰なし。みなされども観ずれば、きたなきもきよく、きよきもきたなくしなす（成す）。ただ念仏ぞよかるべき。きよくとも念仏申さざらんには益なし。万事をすてて念仏を申すべし。証拠のみおほかり（多い）。

一　五逆・十悪、一念・十念にほろび候か。（五逆罪とか十悪とかいう重罪であっても、その罪は、一声、あるいは十声の念仏で消滅せしか。）

答　うたがいなく候（疑いなく消滅す。）

一　臨終に、善知識にあひ候はずとも、日ごろの念仏にて往生はし候べきか。

答　善知識にあはずとも、臨終おもふ様ならずとも、念仏申さば、往生すべし。

一　誹謗正法は、五逆のつみにおほくまさりと申候は、ま事にて候か。

答　これはいと人のせぬ事にて候。

一　仏をうらむる事は、あるまじき事にて候か。

答　いかさまにも、仏をうらむ事なかれ。信ある物は大罪すら滅す、信なき物は小罪だにも滅せず、わが信のなき事をはづべし。

一　破戒の僧、愚痴の僧、供養せんも功徳にて候か。

答　破戒の僧、愚痴の僧を、すゑの世には、仏のごとくたとむ（尊ぶ）べきにて候也。
　このつかひに申候ぬ、きこしめし候へ。
この御ことばゝ、上人のまさしき御手（手印）也。あみだ経のうらにおしたり。
一　つねに悪をとどめ、善をつくるべき事をもうさで念仏申候はんと、たゞ本願をたのむばかりにて、念仏を申候はんと、いずれかよく候べき。
答　廃悪修善は、諸仏の通戒なり。しかれども、当時のわれらは、みなそれにはそむきたる身どのなれば、たゞひとへに別意弘願のむねをふかく信じて、名号をとなへさせ給はんにすぎ候まじ。有智・无智、持戒・破戒をきらはず、阿弥陀ほとけは来迎し給事にて候也。御心え（心掛け）候へ。

この中の「五逆」の問答こそ、親鸞に影響をあたえたものは、なかった。この五逆は仏説無量寿経の第十八の法蔵菩薩の誓願にある「五逆」のことである。

　たとひわれ仏を得たらんに、十方の衆生、至心信楽してわが国（浄土）に生ぜんと欲ひて、乃至十念せん。もし生ぜずは、正覚（さとり）を取らじ。ただ五逆と誹謗正法とをば除く。

五逆とは、大乗（小乗の対、仏教の深遠な義理を説き、慈悲博愛によって一切の衆生を救う教）では、一　塔寺を破壊し、経蔵を焼き三宝の財宝を盗むこと、二　声聞（小乗の仏道修行者）・縁覚（仏の教に関らず、独悟して自由境に到達した者）・大乗のおしえをそしること、三　出家者の修行をさまたげること、また出家者を殺すこと、四　小乗の五逆、五　因果の道理を信ぜず、十の不善の行をすること、である。誹謗正法とは、真宗（真実の教え）を謗ることである。

第十八願のいう、五逆と誹謗三宝がある限りは、法蔵菩薩は、悟りを開けない、といっている。ところが、法然は、そうではない。念仏こそが、五逆と誹謗正法を防ぐ道であると結論しているのである。ここにおいて、親鸞は、法然に導かれて、法蔵菩薩の境地を越えたのである。まさに、大乗仏教の神髄であった。万人往生の完遂である。

その後のある時、親鸞は、権蔵の質問に答えていった。

「われら下賤の輩、わが食せる魚は、殺生にては候はぬか。いかでか、往生を遂げん」

「経を回向すべきに、経をば読まばで、念仏する、これ苦しからず」

同様のことを、親鸞は、「唯信鈔文意」にて述べた。

自力のこころをすつるといふは、やうやうさまざまの大小の聖人・善悪のの凡夫の、みづからが身をよしとおもふこころをすて、身をたのまず、あしきこころをかへりみず、ひとすじに具縛の凡愚・屠沽の下類・無礙光仏の不可思議の本願、広大智慧の名号を信楽すれば、煩悩を具足しながら無上大涅槃にいたるなり。具縛はよろづの煩悩にしばられたるわれらなり。煩は身をわずらはす、脳はこころをなやます（悩ます）といふ。屠はよろず（萬）いきたるもの（生物）をころし（殺し）、ほふる（葬る）ものなり、これはれふし（猟師）といふものなり。沽はよろづのものうりかふ（売り買い）るものなり、これはあき人（商人）なり。これらを下類といふなり。（中略）れふし・あき人・さまざまのものはみな、いし（石）・かはら（瓦）・つぶて（礫）のごとくなるわれら（我等）なり。如来の御ちかひをふたごころ（二心）なく信楽（しんぎょう）すれば、摂取のひかりのなかにおさめとられまゐらせて、かならず大涅槃のさとりをひらかしめたまふは、すなはちれふし・あき人などは、いし・かはら・つぶてなんどをよくこがね（黄金）となさしめんがごとしとたとへ（例え）たまへるなり。

下賤の輩といえども、極楽往生できるとする宣言である。

以上の法然とのかかわり由縁について、親鸞は、歎異抄で次のように、記載された。

「親鸞におきては、ただ念仏して、弥陀にたすけられまゐらすべしと、よきひと（法然）の仰せをかぶりて、信ずるほかに別の子細なきなり。念仏は、まことに浄土に生きるためにてやはんべらん、また地獄におつべき業にてやはんべらん、総じてもって存知せざるなり。たとひ法然聖人にすかされまゐらせて、念仏して地獄におちたりとも、さらに後悔すべからず候ふ。そのゆゑは、自余の行（念仏以外の行業）もはげみて仏に成るべかりける身が、念仏を申して地獄にもおちて候はばこそ、すかされたてまつりてといふ後悔も候はめ。いずれの行にもおよびかたき身なれば、とても地獄は一定（必ず）すみか（住家）ぞかし。弥陀の本願まことにおはしまさば、釈尊の説教虚言なるべからず。仏説まことならば、法然の仰せそらごとならんや。法然の仰せまことならば、親鸞が申すむね、またもってむさしかるべからず候ふか。詮ずるところ、愚身（親鸞）の信心におきてはかくのごとし。このうへは、念仏をとりて信じたてまつらんとも、またすてんとも、面々の御はからひなりと云々」

見事な覚悟である。

建仁二年（一二〇一年）秋、法然は、九条兼実の私邸におもむいた。かねてから兼実が、七番目の子、玉日姫の受戒を、法然に依頼していたから、これに応えたのである。親鸞はこれに従事した。玉日姫は十八歳であった。九条家はかねて、信仰に厚かった。十年前、兼実の長女、宣秋門院・任子が、法然により受戒、また前年、母が大病にかかり、法然からの受戒により、また、同年十月の晩、高熱を発し、これも法然の再度の受戒により、効験があり、これを見倣ったものである。この受戒は、出家の為の受戒ではない。摂善法戒である。

このとき、玉日姫の侍者、恵心もみずからの希望により、法然から受戒し、比丘尼となった。受戒の後の小宴で、兼実の所望により、親鸞は、常行三昧の不断念仏を高唱した。念仏は一種独特の旋律をもった優美、哀調を込めたもので、親鸞は、この得手と評判されていた。程なく、後日、親鸞は九条家からの招待を得た。

玉日姫とその母が迎え出た。母は先日の姫の受戒の時、病に伏して臨席できなかったので、その時の礼をのべ、改めて、親鸞の不断念仏の歌を所望したのである。終わって雑談になったところで、親鸞は、胸のざわめきを感じた。三年前、赤山明神の参道であった女人をおもいだしたのである。女人は、玉を親鸞に手渡し、千日後、お判りでしょうと遺言したのである。親鸞は、玉日姫の立ち居振る舞いに、そのとき匂った女人の香と同じものを感じた。その後、九条邸には、数回呼び出され、昵懇になると、玉日姫ひとりと対面した。玉日姫は尋ねた。

「わらわ、受戒いたせしも、いまだ、その趣意分明でありませぬ。これから、いかに生きていくべきや、お教えくだされ」

「すでに受戒されしは、今は比丘尼なり。比丘尼は、仏の行者（ぎょうじゃ）のようにいくべきなり」

「その心は」

「清浄なることである」

「戒とのかかわりあいはいかに」

「身心のあやまちをおかさぬは戒なり。人間ひとりあるは、戒、不要なり。ふたりとなるにつけ、その関係に邪心生ずるなり。清浄身に色がつくなり。戒律なくば、浄身あらざるや」

「邪心をなくすの法はいかが」

「念仏のほかなし。よくよく、ご勘考あられよ」

「煩悩無智のわらわには、なんとむつかし事よ」

「われらとて、煩悩無智と異なるなし。なんぞ、卑下なさる。本日はこれにて」

玉日尼は、三つ指をついて、礼をして、侍女とともに玄関口までおくってきた。親鸞に、玉日尼を愛しいとする思いが、芽生えたのは、この時からである。彼はこの思いを邪心として退けなかった。夢告にみた玉女が、念頭によみがえった。

不日、親鸞は、玉日姫を訪ねた。予告なしである。玄関に出てきた侍女が、いぶかしげに、迎えた。玉日姫は在宅していた。おりしも夕餉のときである。玉日姫は、急いで二膳を用意させた。親鸞は酒をことわった。気分がやわらいだときに、玉日姫は、つい最近亡くなった式子内親王のことにつき、父より聞き取ったことを話題にのせた。

式子は久安五年（一一五九）、第七十七代天皇後白河上皇と高倉三位成子を父母として生まれた。藤原俊成に歌を学び、有名であった。文治二年（一一八六）ころ、後白河法皇の異母姉妹である八条院暲子の所に同居していた。暲子は、上西門院から、後白河法皇とともに、法然のことを伝え聞き、屋敷に呼んで戒を受けた。その時、式子も受戒した。正如房と号した。法然五十四歳、式子三十八歳であった。晩年、式子は病におかされ、「一度ぜひ来て臨終の念仏をさずけてほしい」との書状を法然に送った。法然は返書した。「正如房につかはす御文」はいう。

正如房の御事こそ、返々（かへすがえす）あさましく候へ、そののちは心ならず、うとき（疎い）ようになりまいらせて、念仏の御信（ごしん）もいかがとゆかしくおもひまいらせ候つれども、さした（かくべつの）る事も候はず、又申（もうす）べきたよりも候はぬようにて、思ながらなにとなく、むなしくまかりすぎ候（そうらい）つるに、ただれい（例）ならぬ御事、大事になどばかりうけ給はり候はんだにも、いま一度見まいらせたく。

おはり（終り）までの御念仏の事も、おぼつかなくこそ（覚束ない）、おもひ（思い）まいらせ候べきに、まして（あなたの）御心にかけて、つねに御たずね候らんこそ、まことにあわれ（哀れ）にも、心くるしくおもひまいらせ候へ。

左右なく（云うまでも無く）うけ給はり候ままに、まいり候て見まいらせたく候へども、おもひきりて、しばし出ありき候はで（外出せずに）、念仏申候はばやと思ひはじめたる事の候を、様(さま)にこそよる事（事に依りけり）にて候へ。これをば退しても（退けても）まいる（参る）べきにて候に、又思ひ候へば、詮じてはこの世の見参は（この世の対面は）とてもかくても（どうでもよい）候なん。屍(しかば)ねを執ずる（執着する）まどひ（迷い）にもなり候ひぬべし。

たれ（誰）とても、とまりはつべき身（留まり果てる身）にも候はず。われも人も、ただ、をくれ（遅れる）さきだつ（先立つ）かはりめ（変わり目）にてこそ候へ。そのたえま（絶える間）を思ひ候も、又いつまでぞと、さだめなき（定めなき）うへに、たとひ久しと申候とも、ゆめまぼろし（夢幻）、いく程かは候べきなれば、ただかまへてかまへておなじ仏の国にまいりあひて（生まれ合いて）、はちす（蓮）の上にて、この世のいぶせき（憂欝）さをもはるけ（清め）、ともに過去の因縁をもかたり（語り）、たがひい未来の化導（教化）をもたすけん事こそ、返々(かえすがへす)も詮(せん)（事の道理）にて候べきと、はじめよりも申おき（置き）候しか。

結局、法然は見舞いに参上しなかった。参上したい思いは山々であったが、私情にとらわれることなく、本願の正念をすすめるほかになかった。

これをよくよく御意(こころ)え候て、つねに御目をふさぎ掌(たなごころ)をあはせて、御心をしずめておぼしめすべく候。ねがわくは阿弥陀仏本願あやまたず、臨終の時、かならずわがまへに現じて慈悲をもてくはへあすけて、正念に住せしめ給へと、御心にもおぼしめし、口にも申させ給ふべく候。

このたびま事にさきたたせ（先立たせ）をはします（申される）にても、又をもはず（馳せる）にさきだちまいらせ候事になるさだめなき（定め無き）にて候とも、つゐに一仏浄土にまひりあいひまいらせ（会い参らせ）候はんはうたがひなく（疑いなく）おぼえ候。ゆめまぼろしのこの世にていま一度などとおもひ候事は、とてもかくても候ひなん。

式子内親王は、正治三年（一二〇一）一月二十五日、亡くなった。法然は、供養に馳せ参じなかった。

語り終えて、玉日は呟いた。

「法然上人は、なぜ御葬儀に参られなかったのでしょうか」

親鸞は、答えた。

「最後のことばにあります。将来は、かならず浄土で、合目見ゆるは疑いなし。夢幻のこの世にて、お会いするなど、思わないでください」

「善信さまは、こんな時、いかがなさいますか」

親鸞は、玉日の手を握り締めて云った。

「ご相手が、そなたであれば、喜んで参上つかまります」

「ご冗談を」

「否、冗談では、申しません。この通りです」

親鸞は、矢庭に、玉日姫の体を抱きしめた。玉日姫は、避ける気配を示したが、すぐに自分から抱擁してきた。柔らかい肉体であった。本能の赴くままに親鸞は、玉日のなかに分け入った。ややあって、しびれるような感触が全身を貫いた。射精したのである。大快感であった。親鸞に悔いはなかった。

親鸞は、戒をおかしたのである。同時に玉日姫の戒をも破ったのである。しかし、親鸞は、ついにかつて六角堂で示現した玉女を、目の当り玉日姫に見たのである。これは、戒律をこえるものであった。

以後、親鸞は通い夫となった。親鸞の九条家への度重なる訪問は、吉水の僧の間にいらぬ評判を惹起した。女人参りが甚だしいという、これが法然の耳にはいった。親鸞は、法然に否定しなかった。

法然は尋ねた。

「いずこのお方なるや」

「いずれ、おわかりになりましょう」

「そうか、わかった」といって、法然は、平然として続けた。「現世をすぐべきやうは、念仏の申されんやうにすぐべし。――ひじり（聖）で申されずば、め（妻）をもうけて申すべし。めをもうけて申されずば、ひじりにて申すべし」

同年十二月九日、九条兼実は妻を亡くした。親鸞は、葬儀に参列、念仏した。

そのあと、兼実は無常を感じ、翌年一月二十八日、法性寺で、法然を戒師として頭を剃り、出家した。円証と号した。法性寺は、兼実の父、藤原忠通建立の寺である。

建仁二年（一二〇三）、親鸞は玉日姫とともに、五条西洞院に移住した。同年十二月、男子を得た。範意と名づけた。のちの印信である。

元久二年（一二〇五）の春、親鸞は、法然に呼ばれ、密かに「選択本願念仏集」を授けられた。法然は告げた。

「これは、我が撰集の秘書である。早く写し取りて、他見すべからず。足下は、他力の法門にては、爽やかなる宝器である」

親鸞は、これを恐懼して頂戴した。漸く法然の目に叶ったのであった。この時のことを、親鸞は、「教行信証の化真土」の中で、熱い心で振り返っている。口語体で記す。

しかるに愚禿釈鸞、建仁辛酉の暦（一二〇一年）雑業を棄てて本願に帰した。元久乙丑の歳（一二〇五年）（法然の）恩（おん）恕（じょ）を蒙り、「選択本願念仏集」

を書した。同じ年の初夏中旬の第四日に、「選択本願念仏集」の内題の字、ならびに「南無阿弥陀仏　往生之業　念仏為本」と「釈綽空」（親鸞）の字と（綽）空の真筆をもって、これを書かしめたまはった。同じ日、空（法然）の真影を申し預かって、図画して奉った。同二年（一二〇六）閏七月下旬第九日、真影の銘は、真筆をもって「南無阿弥陀仏」と「若我成仏　十方衆生　称我名号　下至十声　若不生者　不取正覚　彼仏今現在成仏　当知本誓重願不虚　衆生称念必得往生」の真文とを書かしめたまはった。また夢の告げによりて、綽空の字を改めて同じ日、御筆をもって名の字をかかしめたまわった。本師聖人（法然）今年は七旬（十）三の御歳である」

時に、親鸞は、四十三歳であった。ちなみに、この文中の「若我成――――必得往生」の文章は、法然の「選択本願念仏集」からの引用である。

三

浄土宗弾圧

元久元年（一二〇四）十月、比叡山の衆徒は、突然、専修念仏の停止を訴える決議を行った。彼らは、天台座主真性に対して訴状を呈した。奏条文は次の通りである。

延暦寺三千大衆法師等誠惶誠恐謹言

天裁を蒙り一向専修の濫行（らんぎょう）（むやみな行）を停止せられることを請う子細の状

一　阿弥陀仏を以て別に宗を建てるべからずの事

一　一向専修の党類、神明に向背（こうはい）す不当の事

一　一向専修、和漢の礼に快（こころよ）からざる事

一　諸経修行を捨てて専念弥陀仏が広行流布す時節未だ至らざる事

一　一向専修の輩、経に背き師に逆う事

一　一向専修の濫悪を停止して護国の諸宗を興隆せらるべき事

同年十一月、法然は、比叡山の動き対して、自諍諍戒（自らいさめ戒に正す）の決意を示すため「七カ条制誡」を作成、門弟ら百九十人の署名を添えて延暦寺に送った。読み下し文にて記す。

あまねく予が門人、念仏の上人等につぐ。

一　いまだ一句の文義をうかがはずして、真言、止観を破し、余の仏・菩薩を謗ずることを停止すべき事

一　無智の身をもち有智の人に対し、別解・別行の輩にあひて、このみて諍論をいたすことを停止すべき事

一　別解・別行の人に対して、痴愚・偏執の心をもちて、本業を棄置せよと称して、あながちこれをきらひわらふ（笑う）事を停止すべき事

一　念仏門におきては戒行なしと号して、もっぱら淫・酒・食肉をすすめ、たまたま律儀をまもるをば雑行人となづけて弥陀の本願を憑ものは、造悪をおそるることなからんという事を停止すべき事

一　いまだ是非をわきまえざる癡人、聖教をはなれ、師説をそむきて、ほしいままに私の義をのべ、みだりに総論をくわだて、智者にわらはれ、愚人を迷乱する事

を停止すべき事

一　愚鈍の身をもちて、ことに唱導をこのみ、正法をしらず種々の邪法をときて、無智の道俗を教化する事を停止すべき事

一　みづから仏教にあらざる邪法をときて、いつはりて師範の説と号することを停止すべき事

元久元年甲子十一月七日　沙門源空〔在判〕

親鸞は、この「制誡」に弟子として百九十人中、八十六人目に綽空と署名した。
法然は、同時に、延暦寺の護法善神に捧げる起請文一通を座主真性に呈した。

法然が、ひとえに念仏の教えを勧めて、その仏教を謗るので、諸宗が廃れたなどという噂を聞くが、しかし、「念仏を勧むる徒、争でか正法を謗らん」「浄土を忻ぶの類、豈に妙法を捨てんや」ただし、老後遁世の輩や、愚昧の出家の類が訪れた場合、念仏を「もって所業とすべき諷諫（いさめて）しているのは「是れ則ち齢衰えて練行する能わず、性鈍にして研精に堪えざるの間、暫く難解難入の門（聖道門）を置きて、試みに易往易修の道（易行門）を示す」のであり「敢えて教えの是非を存するに非ず。只だ偏へに機の堪不(仏縁の機に堪えるか、堪えないか)を思ふ」。しかし、

これでもなお念仏の興行を、法滅（浄土宗の滅亡）の縁と見做すのであれば、向後、
宜しく専修念仏の停止に従いたい云々。

最後の部分は、法然がもと天台宗に属した僧として苦心する遠慮がにじんでいる。

九条兼実は、この状況に懸念し、座主真性に書状で訴えた。

「昔はきびしい宗論があったが、末世の混乱を怖れて、諸宗の対論を禁止した。宗論はあとを断ち、仏法は安泰であった。浄土の一門でも、源信も永観も浄土の教えが、他の仏教よりすぐれていることを論じたが、源信も永観も罰せられなかった。ところが、いまは法然の教えは、源信及び永観の跡をくんでいるのに、それが激しい宗論になる。これは偏執から起こるのである」

さらにいう。


（前略）自行おろかなりといへども本願を憑み、罪業おもしといへども往生をねがふ。（中略）頃年よりこのかた、病せまり命あやうし、帰泉（死期）ちかきにあり。浄土の教迹、此の時にあたりて滅亡しなんとす。これを見これを聞て、いかでかた（堪）え、いかでかしの（忍ぶ）ばん。三尺の秋の霜肝をさき、一寸の赤焔むね（胸）をこがす。天にあふぎて嗚咽し、地を叩きて愁悶す。

何況（いかにいわんや）、上人（法然）、小僧（兼実）にをきて、出家の戒師たり。念仏の先達たり。罪なくして濫刑をまねき、つとめありて重科に処せば、法のため身命を惜むべからず。小僧かはりて罪をうくべし。もて師範のとがをつくのはん（償う）とおもふ。もて浄土の教をまもらんと思うふまままのみ。死罪死罪敬白取詮。

十一月十三日　専修念仏沙門円証

前大僧正御房

失脚したといえども、兼実は現摂政良経の父であった。影響のほどが伺える。比叡山の強訴は、鎮静化した。

元久二年（一二〇六）九月、南都の興福寺は、専修念仏の停止を求めて、院に呈上した。笠置寺の学僧貞慶の起草とされる。比叡山の強訴により誘発されたものであろう。

興福寺僧綱大師等、誠惶恐謹言。

殊に天裁を蒙り、永く沙門源空法然勤むるところの専修念仏の宗義を糾改せられんことを請ふるの状。

右、謹んで案内を考うるに一つの沙門あり、世に法然と号す。専修の行を勤む。その詞、古師に似たりと雖も、その心、多く本説に乖（そむ）けり。ほぼその過（とが）を勘（かんが）ふるに、略して九箇条あり。

九箇条はつぎの通りである。

第一に新宗を立つるの失、第二に新像を図する失、第三に釈尊を軽んずる失、第四に万善を妨ぐる失、第五に霊神を背く失、第六に浄土に暗き失、第七に念仏を誤る失。第八に釈集を損ずる失、第九に国土を乱る失、以上である。

ここで重要なのは、第六と第七である。第六の浄土に暗き失、を挙げる。

観無量寿経を勘ふるに、云く、「一切の凡夫、かの国に生ぜんと欲せば、まさに三業を修すべし。

一は、父母に、孝養し、師長に奉仕し、慈心にして殺さず、十善を修す。

二は、三帰を受持し、衆戒を具足して、威儀を犯さず。

三は、菩提心を起こして、深く因果を信じ、大乗を読誦すべし」と云々。

また九品生の中に上品上生を説いて云く、「諸の戒行を具し、大乗を読誦すべし」、中品下生に、「父母に孝養し、世の仁愛を行ふべし」と云々。

曇鸞（どんらん）大師は念仏の大祖なり。往生の上輩において五種の縁を出せり。その四に云く、「修諸功徳」、中輩七縁の中に、「起塔寺」「飯食沙門」と云々。

（中略）

（法然は）ただし此のごときの評定、本より好まず。専修の党類、謬って井蛙（せいあ）の智を以てし、濫（みだ）りがわしく海鼈（かいべつ）の徳を斥（きら）ふの間、黙して止み難く、遂に天奏に及べり。もし愚癡の道俗、この意を得ず、或いは往生の道を軽んじ、或いは念仏の行を退け、或いは余行を兼ねずして、浄土に生ずることなくは、全く本懐にあらず。還って禁制すべし。たとひまたこの事によって、念仏の瑕瑾（かきん）たりと雖も、その軽重を比するに、なほ宣下に如かざるか。

奏上一通（添付）

右件の源空、一門に偏執し、八宗を都滅す。天魔の所為、仏神痛むべし。仍つて諸宗関心、天奏に及ばんと欲するのところ、源空既に怠状を進む、欝陶（うっとう）（気が小さいでのびないさま）に足らざるの由、院宣によって御制あり。衆徒の驚歎、還って其の色を増す。なかんづく、叡山、使を発して推問を加うるの日、源空筆を染めて起誓を書くの後、かの弟子等、道俗に告げて云く、「上人の詞、皆表裏あり、中を知らず、外聞に拘わることなかれ」と云々。
その後、邪見の利口、都て改変なし。今度の怠状、また以て同前か。奉事、実ならざれば、罪科いよいよ重し。たとひ上皇の叡旨ありとも、争でか朝臣の陳言なからん、者、望み請ふらくは、恩慈、早く奉聞を経て、七道諸国に似せて一向専修条々の過失を停止せられ、兼ねてまた罪過を源空ならびに弟子等に行われんことは、者、永く破法の邪執を止め、還って念仏の真道を知らん。仍って言上件のごとし。
元久二年十月　日

ここでは、貞慶は、念仏を否定はしていない。その解釈の相違について指摘し、改変を求めていた。

同年十二月二十九日、院は宣下した。

頃年源空上人、都鄙にあまねく念仏をすすむ、道俗おほく教化におもむく。而今彼の門弟の中に、邪執の輩、名を専修にかる（借る）をもちて、咎を破戒にかへりみず、是偏に門弟の浅智よりおこりて、かへりて源空が本懐にそむく。偏執を禁遏（おさえつけてとどめる）の制に守るといふとも、刑罰を誘諭（さそいさとす）の輩にくはふることなかれ。

責任は、源空になく、門弟の浅い思慮による、といっている。興福寺から名指しされたのは、法本房行空と安楽坊遵西の二人であった。

行空は、美濃（みの）若しくは美作（みまさか）の人といわれる。詳細はわからない。法然の弟子のなかでは、年長であったろう。「一念往生の義を立つ」とし、一念義の唱導者となった。名指しされるからには、重要な弟子であった。

安楽は、俗名を中原師広といい、小外記中原師秀の子である。法然初期の弟子である。建久二年の秋、後白河法皇の菩提のため、六時礼讃がおこなわれ、七日に及ぶ礼讃の興行にて、安楽の唱える美声は、京都の子女を魅了した。

元久三年（一二〇六）十月二十四日、朝廷から、御教書（みきょうじょ）が発せられ、行空・安楽の二人が召し出された。これを受けた蔵人頭の三条長兼は摂政の九条良経のもとに赴き、専修念仏の口宣について意見を述べた。良経は九条兼実の二男である。三条長兼は、興福寺衆徒の非難が、穏当でないといった。ただし、念仏宗に対する寛宥の措置が、興福寺衆との本意にそむことにも、配慮を示した。三条の祖は、藤原氏で、長兼にとっては、興福寺は氏寺であった。

両者の板挟みになった長兼は、興福寺の三綱（さんごう）（庶務）の二人或いは九条良経との間で、折衝を重ね、念仏宗の救済に尽力した。

念仏宗の宣旨について、良経を中心に、慎重に評定が重ねられ、ついに、院から、理由あれば、口宣を改めるよう指示を得た。

二月三十日、長兼は、明法博士にたいして行空と安楽の罪状を、上程するよう手続きした。行空の罪状は「忽ち一念往生の義を立て、故に十戒毀化（きか）の業を勧め、恣（ほしいまま）に余仏を謗り、還って念仏の行を失う」ことを問われた。安楽の罪状は「専修と称し、余の教えを毀破し、・雅執（がしゅう）(執をよしとして）に任せて衆善を遏妨（あつぼう）（さえぎとどめるした」点が触ふれたというものであった。

これを聞かされ、法然は、行空を「殊に不当」として、破門した。法然は、一念義に反して多念義であった。ただ一遍の念仏で往生するとは、破戒造悪の危険を生む。法然の門下では、行空、幸西が一念義を唱えた。多念義は、隆寛である。

法然は、弟子を集め、訓戒した。

「このたび、興福寺より浄土の教えが弾劾された。その意趣は、末世の沙門、無戒破戒なる、自他許すところなり、専修に中にまた持戒の人なきにあらず。今嘆くところは、全てその儀にあらず。実のごとくに受けずと「負えども、説のごとく持せずと雖も、これを怖れ、これを悲しみて、すべからく慙愧を生ずべきの処に、あまつさへ破戒を宗とし、道俗の心に叶う。仏法の滅する縁、これより大なるはなし。洛辺（京都）近国なほ尋常（平穏）なり。北陸・東海等の諸国に至っては、専修の僧尼盛んにこの旨を以てすと云々、とある。よって、行空、安楽坊が指弾された。いましばらくは、かかる過激な行動は慎まれよ」

法然の一念義にたいする考えは、「西方指南抄」に述べられている。

　弥陀の本願を縁ずるに、一声に決定しぬるこころのそこより、真実にうらうらと一念も疑念なくして、決定心を得てのうへ、一声に不足なしとおもへども、仏恩を報ぜむとおもひて、精進に念仏のせらるゝなり。また信得ての上には、はげまざるに念仏はまふ（申す）さるべき也。

要点は、信を得て後の行者は仏恩を報ずると思って念仏に精進せよといっていることである。仏恩報謝の念仏である。

時に、親鸞は法然に言上した。

「数多の御弟子の方々は、ともに御師の晦（かい）（教え）を受け、悉く往生不退を期するものである。然りと雖も、報土得生の信一味なりや、また異なりや、明らかに知り難し。面々の信心のほどを試みて、全一に決定せしめ給われば、且つは到来の同生の喜び、且つは生前朋友の睦備び、これに過ぐべからず」

法然は、認めた。

「よくぞ申された。明日の集会のみぎり、申すべし」

翌日、執筆の親鸞が采配した。

「今日の集会は、信不退と行不退の両座に分けて、方々の御解答を試みまする。何の座につくか、自ら御きめられよ」

三百人有余の門人はみな躊躇の気配である。すると、大僧都法印聖覚、法蓮房信空、法力房蓮生等が、信不退の座に着いた。その余は、言葉もなく、口をつぐんだままである。そこで、親鸞は、信の座にまいるべしとして、自名を記帳した。しばらくあって法然も、信の座に列するとして、記帳した。その余の門人は或いは耻、或いは後悔の意をしめすもの多々あった。

ちなみに、不退とは、弥陀の救いのことで、正定衆の位にはいる往生から退かないことである。行不退と信不退の二種がある。行は念仏のこと、信は、行の中心をしめるもので、よって必ず仏果に至るとした。親鸞は、「即得往生、住不退転」の信を説いた。

またある時、(建永元年秋頃・一二〇六) 吉水で、聖信房湛空、勢観房源智、念仏房らが、親鸞をかこみ、談話した。念仏房が云った。

「皆の面々自他同じく心身ともに、往生の染まりし人たり。しかれども、凡夫の信心は、まことに少なく、虚仮も疑心も入り混じっておる。いずれか、上人の如くなる信心を得て、おもんばかりなく、往生を遂げたいものじゃ」

人人が同意を示す中に、親鸞だけが、そうではないと、反論した。

「自身はそうは思いませぬ。上人の御信心も、また我、善信の信心も、聊かも替る所はござらむ」

　聖信房らが咎めて云った。

「善信房のもうさるること、いわれなし。いかでか、上人の御信心に及ぼうぞ」

「御智恵・学問において上人とひとしいと申せば、恐れある僻事（ひがごと）ならん。他力の信心においては、いくたびそのことをうけたまわりしより、全て私心なし。上人の御信心も仏より給わらせたまう信心なり。善信の信心も仏より給わったものである」

　室内は反対の声に騒いだ。これを聞いていた法然が云った。

「自力の信にこそ、智恵に従って深浅のかわりがある。他力の信は、仏の方より賜はらせたまふ信なれば、我も人も、みな一つにして、聊かも替える事なし。人人よくよく此の儀を心得るべし。信心の替えにあひておわします人人は、我参らむ浄土へは、よも参らせたまわじ」

　一方、念仏宗の口宣について、協議の最中、三月七日、摂政九条良経が急死した。病名はわからない。暗殺説もあったようである。三日後、近衛家の家実があとを継いだ。五月二十七日、家実は、三条兼実を呼んで、宣下に関しては、事情に詳しくないので、前議に添って奏すよう指示した。

　六月十九日、興福寺衆徒の奏上による専修念仏宣旨の仰詞について、公卿に諮問があった。家実は、御教書を下し、仰詞を諸卿に回覧・交付して、意見を徴することとした。

六月二十一日、長兼は、家実の指示に従い、諸家を歴訪、宣詞の仰詞について、見解を聴取した。松殿基房、三条實房、大炊御門頼実、花山院忠経らである。同月二十六日、長兼は、念仏宗宣下の案文を摂政家実に報告した。内容は不明であるが、仰詞にあるように「若し此の宣下に依り、念仏また衰微せしむれば、已に罪業なり。計い申さるべし」と、寛大な措置を求めたことであろう。

この年の暮、建永元年（一二〇六年、四月二十七日改元）、異変が生じた。

「知恩伝」は記す。読み下す。

異学異見の輩、我慢偏執の故に専修念仏を停止すべき由、天聴を驚かす。頻りに叡聞に達する間、後鳥羽院、勅許ありて、遂に住蓮・安楽を召し取られ了んぬ。この条は啻山門衆徒の欝憤のみにあらず、聊か讒臣（おもねるもの）、叡情を誤る故なり。その濫觴（最初）を尋むれば、太上天皇、熊野に御参詣の隙を以て小御所の女房達は住蓮・安楽等を招請し念仏の聴聞あり。還御の後にこの由を聞こし召され甚だ以て逆鱗あり。これより已後、念仏は御気色叡禁に背き畢んぬ。住蓮等は上人の御弟子なり。その身において全く過無く犯無きところ、誹謗の輩あり、無実讒奏を致す故に忽ち勅勘を蒙り召篭さるるの条、偏に佞臣の君を誤ち浮雲の白日を幣すが如し。

同事件に対し、慈円の「愚管抄」はいう。ひらがな書きで記す。

又建永の年（一二〇六）、法然房と云う上人ありき。まじか（間近）く京中をすみか（住家）にて、念仏宗を立て、専修念仏と号して、「ただ阿弥陀仏とばかり申すべき也。それならぬこと、顕密の務めはなせそ」と云う事を云いだし、不可思議の愚痴無智の尼入道によろこばれて、此の事のただ繁昌にして強く起こりつつ、その中に安楽房とて、泰経入道がもとにありける侍、入道して専修の行人とて、又住蓮とつがいて、六時礼讃は善導和上の行也とて、これを立てて尼どもに帰依渇仰せらるる者出きにけり。それらがあまりさへ云はやりて、「この行者に成ぬれば、女犯を好むも魚鳥を食も、阿弥陀仏はすこしも咎めず玉はず。一向専修にいりて念仏ばかりを信じつれば、一定最後にむかへ玉ふぞ」と云て、京田舎さながら、このようになりける程に、院の小御所の女房、仁和寺の御むろの御母まじりにこれを信じて、みそかに安楽など云物よびよせて、このようとかせきて、きかん（聞かせん）としければ、又ぐ（具）して行向どうれいたち（同類達）出きなんどして、夜るさへとどめなどする事出きたりけり。兎角云ばかりなくて、終に安楽・住蓮頚きられにけり。法然上人ながして京の中にあるまじにてをはれ（終り）にけり。かかる事もかやうに御沙汰のあるに、すこしかかりてひかへらる、とこそ（見）ゆれ、されど法然はあまりに方人なくて（味方が多くて）ゆるされて終に大谷と云東山

にて入滅してけり。それも往生と云なして人あつまりけれど、さるたしかなる事もなし、
臨終行儀も増賀上人などのやうにいわる事もなし。

甚だ個人的な日記である。浄土宗への悪意がある。
この結果を「皇帝紀抄」は述べた。

承元元年（一二〇七）二月十八日、源空上人、土佐の国に配流す。専修念仏の事に依つてなり。近日、件の門弟ら世間に充満して、念仏に事寄せ、貴賤ならびに人の妻、然るべき人々の女に密通す。制法に拘わらず、日に新たなる間、上人らを搦め取り、或は羅（まら）（男根）を切られ、或はその身を禁ぜらる。女人らはまた沙汰あり。且つは専修念仏の子細、諸宗の殊に鬱（うつ）し申す故なり。

のちに書かれた「歎異抄」の末尾は記す。

後鳥羽院御宇法然聖人他力本願念仏宗興行す。干時（ときに）興福寺僧侶敵奏之上御弟子中狼藉子細あるよし。無実の風聞によりて罪科に処せらるる人数事。
一　法然聖人幷御弟子流罪　又御弟子四人死罪にをこなはるるなり

聖人は土佐国番田といふ所へ流罪　罪名藤井元彦男云々生年七十六歳なり
親鸞は越後国　罪名は藤井善信云々生年三十五歳なり
浄円房備後国　澄西禅光房伯耆国　好覚房伊豆国　行空法本房佐渡国　幸西成覚房・善恵房二人　同遠流にさだまる　しかるに無道寺之善題大僧正（慈円）これに申あづかる（預かる）と云々
遠流之人々已上八人なりと云々

これを受けた形で「教行信証」の「化身土巻」で親鸞は憤り（いきどお）をあらわした。

興福寺の学徒、太上天皇〔後鳥羽院〕今上〔土御門院〕聖歴、承元丁卯の歳、仲春上旬の候に奏達す。主上臣下、法に背き義に違し、忿をなし怨みを結ぶ。これに因りて、真宗興隆の大祖源空法師ならびに門徒数輩、罪科を考えず、みだりがわしく死罪に坐す。あるいは僧儀を改めて姓名を賜ふて遠流に処す。予（親鸞）はその一なり。しかればすでに僧にあらず俗にあらず。この故に禿の字を以て姓とす。空師ならびに弟子等、諸方の辺州に坐して五年の居諸を経たるき。

ちなみに、住蓮は、清和源氏の出身で、曾祖父信実、祖父玄実ともに興福寺の上座であった。

住蓮自身も興福寺の僧でありながら、法然の弟子となった。仙洞の女房以下を遁世させて、法然の門下にせしめた。

建永二年二月、法然の四国配流の宣下が下された。

同年二月九日、住蓮と安楽は、後鳥羽上皇の院の中庭に引き立てられた。上皇は、顔に怒りをあらわにし、役人たちに、住蓮らのあらぬ罪をあげさせた、その非をののしり、厳しく責めた。しかし、二人は屈しなかった。安楽は、やおら、上皇の面前で、高声にて唱えた。善導の「法事讃」の一文を引用したとされる。

「修行すること有るを見ては、顛毒を起こし、方便して破壊し、競うて怨を生さむ。此の如き生盲闡提（不信人）の輩、頓教を毀滅して、承く沈淪せむ、大地微塵劫を超通すとも、未だ三途の身を越することを得可からず」

安楽は六条河原で、住蓮は近江の馬淵で処刑された。

法然は、同年三月十五日、九条兼実縁故の法住寺の小御堂で名残を惜しんだ翌日午後、京都を出立した。しかし、土佐まではるかに遠く、兼実の配慮にて、九条家の知行地・讃岐の国に変更、塩飽の地頭駿河権守高階保遠入道の西忍力館に着き、その後松庄の生福寺に入居した。

流罪の法然を見送った九条兼実は、同年四月五日、死去した。五十九歳であった。

親鸞には、罪状について説明がなかった。法然門下の有力な偏執者として、危険視されたのであろう。

親鸞も同日卯の初刻（午前五時）、法然に先立ちて出発した。行く先は、北陸道越後国頚城郡国府であった。

この流罪先の選定については、親鸞の伯父、日野宗業（親鸞の父有範の次兄）の働きがあった。宗業は、親鸞の流罪が決定的となると進んで希望、越後介に承元四年（一二〇七）正月十三日、任命され、満四年これを努めた。ただし遙任役である。遙任は遠い自領まででいかなくてもよい任務である。よってその自領に流罪先を認定した。

親鸞には、検非違使府生行連と送使府生秋兼が付き添った。息子印信を伴った。妻玉日尼には、印信の弟妹・幼児二人を託し、京都に遺（のこ）した。慈信（善鸞）と如信である。旅中、湖東の駅路で、一人の老人が血脈を希望した。親鸞は式あることとなれば、本名を尋ねた。天余手と名乗った、他力仏乗の法門を懇ろに授け、暁覚に改名した。老人は布施を奉り、爾後の後援を約束して立ち去った。はじめての信者であった。行程十三日にして、三月下旬の八日、郡司小輔難年景の館に着いた。髪も剃らず、禿の姿（禿げ頭）で生活した。依って愚禿（ぐとく）と称した。

同年十一月二十九日、後鳥羽上皇の発願により、最勝四天王院の御堂供養がおこなわれた。その大赦により、十二月八日、法然に勅免の宣下が下った。法然は、四国をあとにしたが、洛中との往還は許されなかった。やむなく、摂津の勝尾寺に逗留した。天台宗である。同寺には浄土教の伝統があった。とくに四世証如の時、みずから念仏を事とし、また在俗の庶民にも念仏を勧めた。法然は、ここに四年間在留した。

建暦元年（一二一一）十一月十七日、帰洛が許され、同月二十日に京都へ帰った。しかし、大谷の草庵は荒廃し、住めなかった。慈円の計らいで、大谷の山上の禅房が、法然の房舎になった。ここは慈円にちなむ青蓮院の伝領であった。

建暦二年正月二日から、法然は病床につくようになった。法然に常随給仕すること十八年である弟子源智が、念仏の肝要について一筆を所望した。法然は起き上がって、筆を執った。「一枚起請文」である。

もろこし（唐）・我朝（の）もろもろの智者たちの沙汰し申さるる観念の念にもあらず、また学問をして念をさとりて申す念仏にもあらず、ただ往生極楽のためには南無阿弥陀仏と申せば、うたがひなく往生するぞと思ひとりて申（す）外には別の子細候はず。但三心（至誠心・深心・回向発願心）四修（長時修・恭敬修・無間修・無余修）など申す事の候は、皆決定して南無阿弥陀仏にて往生するぞとおもふ内にこもり候なり。このほかにおく（奥）ふかきことを存ぜば、二尊（釈迦・弥陀）の御あはれみ（憐）にはずれ、本願にももれ（洩れ）れ候べし、念仏を信ぜむ人は、たとひ一代の法をよくよく学すとも、一文不知の愚鈍の身になして、尼・入道の無智のともがらにおなじ（同）くして、智者のふるまひ（振舞）をせず、ただ一向に念仏すべし。爲証以両手印。

末尾に注意事項を付言した。

浄土宗の安心・起行、この一紙に至極せり。源信が所存、このほかにまったく別義を存ぜず。滅後の邪義をふせがために所存を記しをはりぬ。

一月二十五日正午ころ、法然は示寂した。八十歳であった。


親鸞が越後に来て、五年後の建暦元年（一二一一）十一月十七日、流罪の赦免を受けた。勅使は、岡崎中納言範光卿であった。範光は、親鸞の養父三位範綱の嫡子であった。赦免の通知に対して、親鸞は、請書をさしあげ、愚禿と書した。しかし、心痛のためすぐに上京できなかった。岡崎は、親鸞の妻玉日尼が、前年死去したことをもらしたのである。

建暦二年（一二一二）の中秋に上京した。八月二十日、岡崎中納言に、赦免の礼を述べ、直ちに法然の墓に参り、芳契の短かかったことを謝した。参内ののち、九条兼実の墓を、東福寺の近くの墓に詣でた。此の地は、月輪殿（兼実）が隠遁のために山荘を立て、その敷地内に報恩院と称する御堂を建立、その近くの内山に墓はあった。

玉日尼の墓は、伏見区の深草の法性寺にある。親鸞は、印信を伴ってきていた。そこで、二人の子に再会した。小御堂で迎えたのが、侍女恵信尼であった。恵心尼は、九条家から、玉日尼の介添えと親鸞の子女養育のため、遣わされていた。親鸞は、九条家で、侍女の恵心尼を見ており、旧知であった。

墓の前では、さながら、終焉の心地がして、誦経のうちに、哀傷に堪えず、涙にくれた。恵心尼は、玉日尼の伝言を伝えた。

「今際(いまわ)の時にいたっても、子供たちに、汝の父は、咎無き左遷となりて、越後へと菟(と)（隠居）申されました。角(かく)まわれ申されました」

還るに先立ち、親鸞は自分のこの後のことにつき、恵信尼に相談した。子供三人をかかえていくわけにない。あらたなる信者ができ、無収入ではないが、生活費の足しにはならない。

親鸞には、京都に戻って、法然の弟子たちと共存する気持ちがなかった。法然が、六十六歳の時、病魔に侵され、死を意識した時、弟子たちに遺言を残した。「没後遺誡文」に書き記した
「一処に群集せず別々に居住すべし。何となれば、闘争（宗旨上の諍い）がおこるからである。」

法然の弟子にたいする教育は、面授を重視したから、これが法然の死後、宗旨が誤り伝えられることを心配したのである。親鸞はこれを守った。

恵信尼は、京都在郷の豪族三善爲教の子である。京都で、寿永元年（一一八二）生まれ

た。その四年前の治承二年（一一七八）為教は越後介を解かれたが、越後には、三善氏の所領で越後介を努め、同時に九条家の家司であった。これは、為教の祖父為永が天喜二年（一〇五四）越後介に就任、ついで父爲康が天治元年（一一二四）越後介となり、この伝統が越後にものこり、かなりの資産を有していたと推測される。

爲経は、九条家に恵信を侍女として奉公させた。恵信十歳代のことである。

親鸞は、恵信尼に、同行を求めた。結論は、すでに長じた範意（印信）は出家させる。法性寺に預ける。あとの二人を同行することに決した。

かくて越後の三善家の一所領での新たな生活が始まった。ここで二人は契りを挙げた。翌年（一二一二）、一子を得た。親鸞四番目の子・明信（のちの栗沢信蓮房）である。一説によれば、明信は承元五年（一二一一）三月三日に誕生したと、恵心の書状にあるが、筆者はこれを採らない。親鸞は、この時、越後に流罪中で、恵信と同居していない。弘長三年（一二六三）二月十日の恵心尼消息の末尾はいう

「信蓮房は未（ひつじ）の年三月三日の昼生れ候ひしかば、今年は五十三やらんとぞおぼえ候ふ」

これを逆算すれば、建暦元年（一二一一）未（ひつじ）の歳にあたる。しかし、これは恵心尼の記憶間違いとするほかはない。何となれば、親鸞が、流罪を解かれたのは、同年の十一月のことで、その六か月前に信蓮房が生まれたとするならば、結婚はその前年でなければならない。不合理である。

当時、流人の配所への移住については、妻妾の同行を許したようであるが、流罪中の結婚は認められなかった。「養老令」のなかに「獄令」があり「凡そ流人科断すること已に定まらむ、及び移郷の人は、皆妻妾棄放して配所に至ることを得じ」とある。

法然の死んだ年、弟子等によって「蓮択本願念仏集」が開版された。これを読んだ明恵は「摧邪輪」を著し、法然を批判した。冒頭の部分でいう。

夫れ仏日没すると雖も、余暉未だ隠れず（残光・釈迦の威徳）。法水乾くと雖も、違潤（のこれる威徳）なほ存せり。三印（諸行無常・諸法無我・涅槃寂静）、邪正を分かち、五分（五つの徳・戒・定・慧・解脱・解脱知見）、内外を制す。我等これによって、甘露を嘗め、毒酔を醒ます。まことに梵音を聞くがごとし。金容（金色の容貌・仏身）に対へるに似たり。これを以て、種智の円因とし、これを以て無上の覚芽を萌す。あに幸にあらずや。喜にあらずや。然りと雖も、跉跰（徐行すること正しからざるさま）の愚子は、たまたま慈父に値ひて悶絶し、失心の狂子は、希に良薬を受けて以て嘗めず。何ぞそれ拙きや。

ここに近代、上人（法然）あり、一巻の書を作る。名づけて選択本願念仏集と曰ふ。経論に迷惑して、諸人を欺誑（錯の意）せり。往生の行を以て宗とすと雖も、返って往生の行を妨礙(ぼうげ)せり。高弁（明恵）、聖人（上人法然）において、深く仰信(ごうしん)を懐(いだ)けり。聞ゆるところの種種の邪見は、在家の男女等、上人の高名を仮りて、亡説するところなりとおもひき。未だ一言を出しても、上人を誹謗せず、たとひ他人の談説を聞くと雖も、未だ必ずしもこれを信用せず、しかるに、近日、この選択集を被閲(ひえつ)するに、悲嘆甚だ深し。名を聞きしの始めには、上人の妙釈を礼せむことを喜ぶ。巻を披(ひら)くの今は、念仏の真宗（真実の宗旨）を黷(けが)せりと恨(うら)む。今、詳らかに知りぬ。在家出家千万の門流，起こすところの種々の邪見は、皆この書より起これりといふことを。上人、入滅の頃(このごろ)に至って、興行倍(ますます)盛んなり。専ら板印に鏤(ちりば)めて、以て後代の重宝とす。永く一門に流して敬重(けいちょう)すること仏経のごとし。惣じて往生宗の肝要、念仏者の秘府なりとおもへり。これによって、たまたま難ずる者あれば、過(とが)を念仏を難ずるに負(お)ほす。希(まれ)に信ずる人に値(あ)ひては、徳を往生を信ずるに擬(ぎ)せり。遂に一味の法雨に甘醎(かんかん)（あまい、からい）の味を分かち、和合衆僧に不同の失を成さしむ。何ぞそれ悲しきや。仍って或る処において講経説法の次(ついで)に、二の難を出して、かの書を破す。

一は、菩提心の撥去(はっきょ)（のぞきさる）する過失。

二は、聖道門を以て群賊に譬(たとえ)ふる過失。（以下略）

一方、親鸞は、自分で書写した「選択本願念仏集」を「教行信証」の後序にて激賞した。

真宗（真実の宗旨）の簡要、念仏の奥義、これに摂在せり。見るもの諭り易し。まことにこれ希有最勝の華文、無上甚深の宝典なり。年を渉り日を渉りて、その教誨を蒙るの人、千万なりといへども、親といひ、疎といひ、この見写を獲るの徒、はなはだもって難し。しかるにすでに制作を書写し、真影を図画せり。これ専念正業の徳なり、これ決定往生の徴なり。よりて悲喜の涙を抑えて由来の縁を註す。

明恵は当初、法然を評価していたが、「選択本願念仏集」が公刊され、それを読むに及んで、その聖教にたいする異端に驚愕し、厳しく反論したのである。

四

聖の行者（ひじりぎょうじゃ）

越後において、親鸞は自分の行く末について思案した。まずもって、京都は、師とあおぐ、法然の死により、魅力は失われた。法然の弟子たちと組む気持ちもなかった。

当時、京都にいた法然の主たる弟子は、隆寛（五十七歳で入門、多念義を唱えた）、幸西（三十六歳で入門、一念義を唱えた）、聖光（三十六歳で入門、鎮西派の祖となり、源智と手を結び、のちに浄土宗の二祖となった）源智（平重盛の孫で、幼少のころから弟子になり、法然に常随給仕すること、十八年に及んだ）、証空（十四歳で入門、九条兼実の政敵・源通親の猶子、西山派の祖となった）である。まして、罪人であったことが、放免されたあとと雖も、徒党を組むことは、為政者に憚りがあった。

しかも、法然は、六十六歳の時重病を煩い、遺言を残した。「没後起請文」である。弟子たちに云った。

「一処に群集せずに別々に居住するように。なぜなら闘争が起こるからである」「念仏の一行にすべておさまるのだから、追善供養などの必要もない」その意は、「選択本願念仏集」の末尾の文言に示されている。

「庶幾わくは一たび高覧を経て後に、壁の底に埋めて窓の前に遺すことなかれ。おそらく破法の人をして、悪道に堕せしめざらんがためなり」

折しも、西念と称する行者が親鸞を訪ねてきた。

「手前、西念と申し、信州のものでござる。ご高名をきき、お尋ねした。武州足立郡野田に一寺をあずかる者、かねて、越後の五智如来に参り、その霊告を得て、このたび帰国するもの、しばし、念仏修行、ご教導願いたい」

五智如来は、密教の智慧、法界体性智、大円鏡智、平等性智、妙観察智、成所作智を五体の如来に当てはめたものである。大日如来、阿閦如来、宝生如来、観自在王如来、不空成就如来を充てる。

親鸞は、これを許した。西念は、二旬にわたり、修行に通った。一通りの伝授がおわって、西念は、礼を述べ、付け加えた。

「上人、越後を出らるようにお聞きするが、武蔵野国に参られては、如何なりや。拙僧いましばらく、此の地に滞在いたす。ご勘考願いまする。できれば、手前、ご案内仕りまする」

親鸞には、かねて尊崇する先人がいた。沙弥教信である。

教信は、妻帯して、播磨の賀古の草庵に住んでいた平安時代の念仏聖である。

覚如は、「改邪鈔」のなかで、親鸞がつねずね語っていた言葉を書きとめている。

「われ親鸞は、賀古の教信沙弥、（この沙弥のやう、禅林の永観の【十因】にみえたり）の定なり」云々。しかれば、縡を専修念仏停廃（承元の法難）のときの左遷（越後への流罪）の勅宣によせましまして、御位署（官位）には愚禿の字をのせらる。これすなはち僧にあらず俗にあらざる儀にして、教信沙弥のごとくなるべしと云々。

教信は、髪を剃らず、袈裟、法衣を着ず、里人に雇われて、田畑を耕作し、旅人の荷を運んで生活の資を得ていた。常に阿弥陀仏の名号を称えて、往生を願い、人々にも念仏を勧めたので、阿弥陀丸と呼ばれた。

「往生拾因」はいう。


延暦十四年（七九五）乙亥二月十八日の朝、入道（沙弥）、尼と与に同じく沐浴して、読経念仏して、夜半に至りて両人命終す。その時に家中の男女これを知らず。（中略）貞観八年（八六六）頃、稍く賀古の駅の北を見れば小廬あり。その廬の上に当たりて、鵄烏（とびとからす）集まり翔る。ようやく近き寄り見れば、群狗競いて死人を食ふ。傍らの大石の上に新たなる髑髏あり。容顔損せず、眼口咲めるに似たり。香気薫馥す。たた廬内を臨めば、一老嫗一童子のあり。相共に哀哭する。すなはち悲情を問ふ。嫗曰く、死人はこれ我が夫、沙弥教信なり。去る十五の夜、既に以て死去す。今、三日に成れり。一生の間、弥陀の号を称して、昼夜に休まず以て己が業となす。これを雇ひ用うる人、呼びて阿弥陀丸となす。これを日を送る計となして、すでに三十年を経たり。この童はすなわち子なり。今、母と子と、共にその便りを失いて、爲さん方をしらざるなり。（後略）

親鸞は、教信の生きざまに感銘を受けた。文中の「入道、尼と与に同じく沐浴して、読経念仏して、夜半に至りて同人命終す」に着目した。尼は比丘尼で、同じ行者である。妻ではない。二人が同時に死んだとは、心中である。その理由は分からない。「癡」であろうか、そうではない。文中に「髑髏あり。容顔損せず、眼口咲めるに似たり」とあるは、容顔がほほ笑んだことである。弥陀の計らいで救済されたのである。

親鸞は、ここに妙好人の姿を見た。親鸞は、のちに「入出二門偈」にて、妙好人を讃嘆した。

煩悩を具足せる凡人、仏願力に由りて摂取を獲。この人は即ち凡数（凡人）の摂（とらえる）に非ず。これ人中の分陀利華（サンスクリット語で白蓮華の意）なり。この信は最勝稀有人なり。この信は妙好上上人なり。安楽土に到れば必ず自然に、即ち法性の常楽を証すとのたまへり。

親鸞は、思案の末、今後のことについて恵信尼に相談した。問題は、三つあった。家計と子供の養育と旅行く先の土地柄であった。現在は、ほそぼそながらも、恵信尼が三善家から継いだ所領のあがりと親鸞の自作の農産物の自己消費、それに信者の不定期の布施で凌いでいる。移住先が関東であれば、越後の冬の日本海の風の寒さは解消される。残すは、子供の保育である。子供は三人となっていた。小黒房（女）、慈信房（善鸞）、信蓮房である。小黒と慈信房は年子で、小黒十三歳、慈信房は、十二歳、信蓮房は、三歳の乳飲み子であった。親鸞と恵信尼は苦渋の決断をした。小黒房を、近くの素封家（東頚城群安塚町小黒在）に子なきをもって養子に出した。

同年秋、冬きたる前、親鸞は、西念の案内で、越後を出た。家族四人の遊行である。当面、常陸を目指した。目的は「自信教人信」つまり弥陀の本願を自ら信じ、人に教えて信じせしめることであった。「最須敬重絵詞（さいじょうけいじゅうえことば）」は云う。

　　事の縁ありて東国にこえ、はじめて常陸国にして、専修念仏をすゝめたまふ。これひとへに辺鄙在家の輩をたすけて、済度利生の本意をとげんとなり。

常陸へ向かう途中、佐貫（さぬき）というところで、親鸞は三部経を読み始めた。

恵信尼はこのことを、弘長三年（一二六三）二月十日の書状に認めた。

善信の御房（親鸞）、寛喜三年（一二三一）四月十四日午の時ばかりより、かざ（風邪）心地すこしおぼえて、その夕さりより臥して、大事におはしますに、腰・膝をも打たせず、てんせい、看病人をもよせず、ただ音もせずして臥しておはしませば、御身をさぐれば、あたたかなること火のごとし。頭のうたせたまふこともなのめならず。（頭痛のはげしきも並みひととうりでない）

さて臥して四日と申すあか月、くるしきに、「まはさてあらん（ほんとはそうであろう）」と仰せらるれば、「なにごとぞ、たはごと（ふざけたこと）とかや申すことか」と申せば、「たはごとにてもなし。臥して二日と申す日より「大経」をよむことひまもなし。たまたま目をふさげば、経の文字の一字も残らず、きららかにつぶさにみゆるなり。さてこれこそこころえぬことなれ。念仏の信心よりほかには、なにごとか心にかかるべきと思ひて、よくよく案じてみれば、この十七八年がそのかみ（一二一四年）、げにげにしく三部経を千部よみて、すざう（衆生）利益のためにとて、よみはじめてありしを、これはなにごとぞ、「自信教人信　難中転更難」（みずから信じ、人を教へて信ぜしむること、難きがなかにうたたまた難し）（礼讃　六七六）とて、みずから信じ、人を教へて信ぜしむること、まことの仏恩を報ひたてまつるものと信じながら、名号のほかにはなにごとの不足にて、かならず経を読まんとするやと思ひかへして、よまざりしことの、さればなほもすこし残るところのありけるや。人の執心、自力のしんは、よくよく思慮あるべしとおもひなしてのちは、経よむことはとどまりぬ。さて臥して四日と申すあか月、〔まはさてあらん〕とは申すなり」と仰せられて、やがて汗垂りて、よくならせたまひて候ひしなり。

親鸞は三部経を千部読むことが、自力の業であることに気づき、以後読誦を止めた。

「伝絵」巻下は、その後の親鸞について語った。

聖人（親鸞）、越後国より常陸国を越て、笠間郡稲田郷といふ所に隠居したまふ。幽栖を占といへども道俗跡をたづね、蓬戸を閉といへども貴賤衢に溢る。仏法弘通の本懐こゝに成就し、衆生利益の宿願たちまちに満足す。此の時、聖人、仰せられて云　救世菩薩の告命を受し往の夢、既に今と符合せり。

親鸞の関東布教は、二十年を要した。常陸の小島に三年、稲田に十年、相模に七年である。「門侶交名牒」によれば、関東の門弟は、常陸国十九人、下野国六人、下総国三人、武蔵国一人、奥州六人とされる。

常陸では、入西・乗念・順信・慶西・善性・実念・安養・入信・念信・乗信・唯信・慈善・善明・唯円・善念・頼重・法善・明法・証信等、十九人である。

下野では、真仏・慶信・信頼・覚信・尼法師の五人。下総では、性信・信楽・常念・西願の四人。武蔵では西念の一人。その他東国一帯では、専信・教名・護念・法信・正念・随信・明教・教忍・真浄・源藤四郎・高田入道・平塚入道・遠江尼御前・信見・おほぶの中太郎・善証・覚念・有阿・承信・円仏の二十人である。

これらの人々を中心に、農民門徒が組織されていった。その間、在所在所では、念仏者と領家・地頭・名主らの支配者との間で、念仏禁止の摩擦を生んだ。

剰(あまつさ)え、信仰が冥道(めいどう)（あの世への道）を、あなずり（侮(あなど)り）捨てる行動、即ち諸神諸仏をないがしろにする行動は、為政者を刺激した。この門徒の苦情に親鸞は、答えた。

さては念仏のあいだのことによりて、ところせきやう（居づらい）にうけたまはり候ふ。かへすがえすこころぐるしく候ふ。詮ずるところ、そのところの縁ぞ尽(つ)きさせたまひ候ふらん。念仏をさへる（さまたげる）なんど申さんことに、ともかくもなげきおぼしめすべからざる候ふ。念仏とどめん（禁止する）ひとこそ、いかにもなり候はめ。申したまふひとは、なに（何）かくるしく（苦しく）候ふべき。余のひとびと（在地の権力者）とを縁として、念仏をひろめんと、はからひあわせたまふこと、ゆめゆめあるべから

ず候ふ。そのところに念仏のひろまり候はんことも、仏天（仏の尊称）の御はからいひにて候ふべし。（以下略）

正月九日　　　　親鸞

真浄御坊

さらに答える。

まづよろずの仏・菩薩をかろしめまいらせ、よろづの神祇・冥道をあなづりすて（無視する）たてまつると申すこと、この事ゆめゆめなき(決してしないこと)ことなり。世々生々に無量無辺の諸仏・諸菩薩の利益によりて、よろづの善を修行せしかども、自力にては生死を出でずありしゆえに、曠劫多生のあいだ、諸仏・菩薩の御すすめによりて、いままうあひがたき弥陀の御ちかひにあひまいらせて候ふ御恩をしらずして、よろづの仏・菩薩をあだ（いいかげんに）に申さんは、ふかき御恩をしらず候べし。仏法をふかく信ずるひとをば、天地におはしますよろづの神は、かげのかたちに添へるがごとくして、まもらせたまふことにて候へば、念仏を信じたる身にて、天地の神をすてもうさんとおもふこと、ゆめゆめなきことなり。神祇等だにもすてられたまはず。いかにいはんや、よろずの仏・菩薩をあだにも申し、おろかに（いいかげんに）おもひまいらせ候ふべしや。よろづの仏をおろかに申さば、念仏をしんぜず、弥陀の御名をとなへぬ身にてこそ候はんずれ。詮ずるところは、そらごとを申し、ひがごとを、ことにふれて、念仏のひとびとに仰せられつけて、念仏をとどめんとするところの領家・地頭・名主の御はからひどもの候ふらんこと、よくよくやうあるべきことなり（そのいわれがあるはずのこと）。

そのゆえは、釈迦如来のみこと（御言）には、念仏するひとをそしるものをば、「名無眼人（みょうむげんにん）」と説き「名無耳人（みょうむにん）」と仰せ置かれたることに候ふ。（中略）「念仏せんひとびとは、かのさまたげをなさんひとをばあはれみをなし、不便（ふびん）におもうて、念仏をもねんごろに申して、さまたげなさんをたすけさせたまふべし」とこそ、ふるきひと（法然上人）は申され候ひしか。よくよく御たづねあるべきことなり。（以下略）

九月二日　　親鸞

念仏の人々御中へ

親鸞の寛容心のあらわれである。

元仁元年（一二二四）正月、親鸞は布教のかたわら、稲田において「教行信証」を漸く書きそろえた。三年前から書き始めたものである。自分の宗旨について、その信仰の変化を思想的に、経験にのっとり記したものである。まだ抜き書きの段階で、巻を六部に分かち、前後始終を書き調えるのである。完成には、あと四年を要した。

完成本は「顕浄土真実教文類・教行信証・真仏土・化身土」の題名で愚禿釈親鸞集と記されている。ここではじめて「親鸞」を称した。先師の「浄土論」を著した「天親」の「親」、その論註を記した「曇鸞(どんらん)」の「鸞」を頂戴した。親鸞の宗旨の完成であった。

※禿（頭髪がぬけおちる。かぶろ。はげあたま。）

嘉禄元年（一二三五）中秋、五十三歳の時、真仏が入門した。十七歳であった。

真仏は、下野の国司大夫の判官真壁国春の嫡男で、真壁の城主であった。俗名を権の大輔・椎尾弥三郎春時と称した。今年の七月、父を亡くしていた。親鸞は出家を押しとどめたが、真仏の意思は固かった。武官を舎弟の真壁四郎国綱に譲り、親鸞の手により、薙髪染衣した。親鸞は申し渡した。

「人の入道することは、或いは父母におくれて身の置きどころなく、又は妻子を失いて嘆くあまりてこそ、衣を染めならひなるに、殿(との)は世もめでたく、御歳もいまだ壮(さかり)ならで、かく仏道に入りたまうこと、真の仏ならずば、争(いかで)かく（苦）はおはしましき」

かくて真仏と名付けた。のちの、修善寺二世である。

翌年正月、真仏は、祖師の名代として上洛、高田の伽藍の飭号を賜るよう奏達した。岡崎黄門（中納言）を通じて、後九条殿へ申しいれられ、即ち、黄門の執奏にて、勅許された。勅願寺の綸旨は次のとおりである。

専修阿弥陀寺

宣奉祈天長地久之由依　天気如斯
嘉禄二年二月十九日

嘉禄三年（一二二七）六月、京都では延暦寺の衆徒が、専修念仏者に弾圧を加えた。上野の国より比叡山に登った並榎の竪者（小役人・竪者）定照が、専修念仏の盛行を遺憾として「弾選択」と名付ける一書を撰述して、長楽寺の隆覚のところに送った。これに対して、隆覚は、「顕選択」という一書を書し、定照に論戦を挑んだ。文中に「汝が僻破（よこしま）のあたらざる事、たとえば、暗天の飛礫の如し」とあるのを非難したので、定照が怒り、延暦寺の衆徒に蜂起を勧め、天台座主円基に訴えた。

専修念仏者は、黒衣を着し、六時礼讃を唱え、党を組んで各所に群集していた。洛中洛外にて、主な中心地は、東山大谷の法然墓堂をはじめ、嵯峨清涼寺付近・六波羅の総門の向かいの堂・清水寺・祇園の辺、八条油小路・唐船富小路・中山などである。他方、宣陽院や中納言久我通方は、専修念仏を擁護した。

延暦寺の小法師らは、路上で専念仏者を見つけると、その黒衣を破り、笠を引ちぎるなど、狼藉を働き、念仏の擁護者にたいして、庇護を止めるよう圧力をかけた。

専修念仏の指導者は、隆覚・空阿弥陀仏・幸西の三人である。張本人としてやり玉に指定された。別に、証空が、延暦寺側の指名にあることを知り、あわてて誓状を書き、これを公家に呈した。九条兼実の第八子の良快が、証空の弁明をした。かつて、証空は、天台座主の慈円の帰依を受け、かつ臨終の善知識をつとめたことが、証拠として認められ、処罰を回避した。

嘉禄三年（一二二七）六月二十二日、延暦寺から所司・専當が遣わされ、法然の大谷墓堂を破却し、遺骸を鴨川にながすことを予告した。所司の命を受けた祇園の犬神人(つるめそ)が、墓堂を破却しているところに武家からの制止が入った。六波羅探題の北条時氏の配下、内藤盛政（入道の西仏）が一人息子を連れて、乱行を咎めて云った。

「たとえ勅許だからといっても、まず武家に一言あるべきである」

衆徒は聞かない。やむなく剣を振舞、退散させた。

その夜、法然の上足、法蓮房信空と覚阿弥陀仏が、妙香院良快を訪ね、法然の遺骸を安全の為、改葬したいと申し入れ、了解された。避難先は嵯峨であった。比叡山より距離的に遠く、清凉寺を中心とする専修念仏の根拠地であった。また近くの二尊院には、正信房湛空がおり、往生院の念仏房も控えていた。運搬の路地、宇都宮入道蓮生（綱頼）、千葉入道法阿・渋谷入道道遍・内藤入道西仏ら関東の御家人出身の念仏者が、法衣の上に兵杖を帯び、家子郎党を引き具して、路地の警備にあたった。

法然の遺骸は無事、嵯峨に着いた。一同は、遺骸について秘密をまもることを、清凉寺の仏前に誓い、退散した。ところが延暦寺側の追及は急を告げた。同月二十八日夜、遺骸は、太秦の広隆寺の来迎房円空のもとに移された。

七月七日、隆覚は陸奥、空阿弥陀仏は薩摩、幸西は壱岐の島と、それぞれ配流が決定した。ところが、月末になった三人ともに逃亡してしまった。延暦寺の衆徒は専修念仏者を擁護する貴族を非難した。

七月十七日、専修念仏停止の口宣（くぜん）が下された。この中で専修念仏者が京洛を卜（ぼく）して無慚（むざん）の徒を率（ひき）い、あるいは山林に交わりて不法の僧を招き、女色に耽るの縁としている点が指摘された。

逮捕者として指名された四十人は、八月三十日、公表された。洛中洛外を問わず、念仏者の草庵は破棄され、またその身は、検非違使庁（けんびいしちょう）によって捕獲され、「礼讃の声」「黒衣の色」は京都から一掃された。

また、法然の「選択本願念仏集」は「謗法書」の烙印を押され、焚書（ふんしょ）された。

翌安貞二年（一二二八）正月二十五日、すなわち、法然の十七回忌に、遺骸は、西山の粟生野の幸綱が仏のもとに移され、信空・証空・覚阿弥陀仏ら門弟一同の誦経の内に荼毘に付された。

ちなみに、このの ち荼毘所の跡に堂が建てられ、浄土宗西山派光明寺となった。

当時、関東にいた親鸞は、これを知る由もなかった。よってこのことを知ったのはのちのことである。

承久三年（一二三一）の秋、親鸞は、常陸の国府・柿岡などを勘化のため、訪れて、その板敷山というところに通（かよ）った。ここに同国上宮村に、播磨公弁円（はりまのきみべんえん）がいた。山伏である。日来、親鸞の教化をねたんでいた。ある時、害心を抱いて、彼の板敷山に忍び行き、親鸞の行動を探った。折よく、稲田の禅房で親鸞を補足した。弁円は急ぎ、親鸞の面前にでた。親鸞は、普段着のままに、面会を許した。弁円は、ここぞとばかり詰問しようとした。しかし、声が出ず、親鸞の顔が、まばゆく見えた。害心が消えうせたのである。庭上にひれ伏し、ことの経緯を話し、謝罪した。親鸞は、こともなげに云った。

「まことに今日は、よき弟子に恵まれてあらんものと思いしに、果たして御房こそ、まいられけり」

弁円は、たちどころに、弓矢、刀杖を投げ捨て、斗巾（ときん）の赤衣を脱ぎ、改悔（かいけ）して請うた。

「只今の名は、邪見造悪の身なれば、それさへ、いぶせく（むさくるしく）思われる。新たに、入仏道の師名を蒙りたい」

親鸞は、「明信房証信」を授けた。これが、親鸞が、その往生を褒めた明信房の前歴である。

常陸での在住の終わりころ、親鸞は、那珂西郡の大山に布教の網を広げた。これに接し、那珂郡大宮町三美（みよし）がある。恵信尼の実家三善氏の所領にも擬せられる地域である。親鸞はここで数百人を弟子としたといわれる。当時の領主、佐竹秀義は、文治五年（一一八九）の奥州征伐のおり源頼朝に味方し、佐竹郷の本領は安堵された。しかし、奥群のうち、那珂東・西郡は、那珂実久に与えられた。実久は鎌倉幕府以来の重鎮であった。建久三年、武蔵の国御家人熊谷直実が、将軍の制止を振りって京都に行き、法然に弟子入りした。その後、直実が承元二年（一二〇八）に予告して、念仏往生を遂げようとした。また元久二年（一二〇五）、北条義時との争いに敗れて、宇都頼綱が出家し、法然の弟子となった。これらのことは、実久の知るところであった。承元三年（一二〇九）、実久は、京都・丹波・摂津・山城などの守護職、本領の那珂東・西郡の僧地頭職を収公された。数年のち、那珂西郡は回復した。こうした背景の中で、実久は、浄土宗の新派となった。息子時久も同様で、時久の法名は、道顔である。親鸞の門弟に多い法名の一字「道」と「願」である。実久の法名は不明である。

法然没後十五年、建長四年（一二五二）二月二十四日、八十歳の親鸞は、常陸の門徒からの布施をいただき、その礼状に認めた。

> かたがたよりの御こころざしのものども、数のままにたしかにたまはり候ふ。明教房（常陸の来信の弟子）ののぼられ（死去）て候ふこと、ありがたきことに候ふ。かたがたの御こころざし、申しつくしがたく候ふ。明法御坊（みょうほうのおんぼう）の往生のこと、おどろきまうすべきにはあらねども、かへすがへすうれしく候ふ。鹿島・行方（なめかた）・奥郡（おうぐん）、かやうの往生

ねがはせたまふひとびとの、みなの御よろこびににて候ふ。またひらつか（平塚）の入道殿の御往生のことき候ふこそ、かへすがへす申すにかぎりなく（このうえなく）おぼえ候へ。めでたさ申しつくすべくも候はず。おのおのみな往生は一定（たしかにさだまっている）とおぼすべし。さりながら、往生をねがはせたまふひとびとの御中にも、御こころえぬことも候ひき、いまもさこそ候ふらめ（そうではない）とおぼえ候ふ。京にもこころえずして、やうやうにまどひ（惑い）あうて候ふめり。くにぐに（地方）にもおほく（多く）きこえ候ふ。法然聖人の御弟子のなかにも、われはゆゆしき学生（すぐれた学者）などとおもひあひたるひとびとも、この世には、みなやうやうに法文をいひかへて、身もまどひ、ひとをもまどは（惑わす）して、わづらひあうて候ふめり。聖教のをしへをもみずしらぬ（見ず知らず）、おのおののやうにおはしまうひとびとは、往生にさはりなし（障りなし）とばかりいふをききて、あしざま（悪しざま）に御こころえあること、おほく候ひき。いまもさこそ候ふらめとおぼえ候ふ。浄土の教もしらぬ信見房などが申すことによりて、ひがざまに（僻事のように）いよいよなりあはせたまひ候ふらんをきき候ふこそ、あさましく（浅ましい）候へ。

（以下略）。

ここでは、明教房のみごとな往生をたたえるかたわら、異端の往生について、注意をうながしている、親鸞の老婆心がある。

天福元年（一二三三）、親鸞六十一歳の時、鎌倉幕府の北条氏の邸に呼ばれ、「一切経校合」（仏教の全経典の照らし合わせ）の仕事を仰せつかった。他の衆派の僧侶も参加した。一回の仕事がすんで食事が出た。魚や鳥がふんだんに使われた料理であった。他の僧侶は、慣例どうり袈裟をぬいで食事をした。しかし、親鸞だけは違った。袈裟をつけたまま、魚・鳥を苦も無く平らげた。この時、たまたまこれを見て、不審を抱いたものが居た。北条氏の開寿（かいじゅ）（のちの執政北条頼時の幼名）、七歳である。親鸞に対して、なぜ袈裟をぬがないのか、と迫った。親鸞は言を左右して答えない。ついに答えた。

「せめて袈裟を着て食べて、魚・鳥に功徳を与えたいのです」

開寿は唖然とした。理解できなかったのである。親鸞は、他の僧侶が袈裟をぬいで、俗人として食事をすることを欺瞞と考えたのである。袈裟を着て食事をすることは、僧としての行である。この行を支える食事に提供される魚・鳥は、仏事に奉仕するものである。これが功徳である。

この話を、開寿は、身内に話したかどうかは、不明である。父北条時氏は、開寿四歳の時、二十八歳で若死にし、いまは祖父の北条泰時が執政を努めていた。

文暦二年（一二三五）七月、鎌倉幕府は「黒衣の念仏者」の追放を指令した。

親鸞は、これを嫌気して、関東からの帰京を早めた気配がある。

またその前年、天福二年（一二三四）六月晦日、四条天皇は、宣旨を出して、念仏僧を規制した。

平家滅亡の一一八五年後、源頼朝が、鎌倉幕府を開き、西国は、後鳥羽上皇の院政と、東国は幕府がその所管を支配するという二勢力、並立の状態が続いていた。

宣旨は次の通りである。

> 頃年以来無慚の徒・不法の侶・如如の戒行を守らず処々の厳制を恐れず、恣（ほしいまま）に念仏の別宗を建て猥（みだり）に衆僧の勤学を謗（ぼう）ず、しかのみならず内には妄執を凝（こ）らして仏意に乖（そむ）き、外には哀音（あいおん）（かなしげな音色）を引いて人心を蕩（とう）す。遠近併ら専修の一行に帰し緇素（しそ）（僧侶と俗人）殆ど顕密の両教を褊（へん）（せまく）す、仏教の衰滅而も斯に由る、自由の奸悪誡（あくかい）に禁じて余り有り。
>
> 是を以て教雅法師に於ては本源を温（たず）ねて、遠流し此の外同行の余党等慥（たし）かに、其の行を帝土の中に停廃し悉く其の身を洛陽の外に追却せよ、但し或は自行の為、或は化他の為に至心専念、・如法修行の輩に於ては制の限りに在らず。
>
> 天福二年六月晦日
>
> 藤原中納言権弁奉る

これによって帰郷したあとも、念仏者親鸞は、安穏ではなかった。

親鸞の関東から京都への帰還は、文暦二年（一二三五）八月である。早速、二十五日の法然の忌にあわせ、毎月同様に人々を集め、供養した。

善鸞の子、如信が京都で生まれたのが、嘉禎元年（一二三五）のことで、このとき、親鸞はまだ同居していない。善鸞が、常陸から帰京したのは、親鸞大病の時、寛喜三年（一二三一）とされるから、この間のことであろう。善鸞は、京都ではじめ宮内卿と号して修行し、のちに号（屋号）を善信房、名乗りを善鸞と称した。鸞の字は、親鸞に由来するから、親鸞の衣鉢をうける気持ちのあらわれであった。親鸞の書状によれば、親鸞は、善鸞にたいして常に「慈信」と呼び掛けていた。頼む気持ちのあらわれであろう。

親鸞の家族も、同伴して、京都に帰った。

「親鸞聖人正統伝」によれば、つぎの通りである。

六十二歳（文暦元年・一二三四）、八月十六日、相州（足柄下郡）江津（ごうつ）（二年間在住）

より帝都に赴きたまふ。供奉は顕智房、専心房なり。下妻の蓮位房、飯沼の善信房も、箱根の東の麓まで供せられけるが、二人は思召旨ありとて、其ことを仰含られ、いとまを給て国にかへさりけり、（以下略）

六十三歳、（中略）八月四日、聖人入洛也。まづ岡崎御坊に入たまふ。過にし、四十歳、御上京より二十年余、住捨たまへば、跡形もなくぞりなん（なくなってしまった）と思召に、印信法師、よりより修理を加て、入洛を待れけるほどに、昔にかはらずありけり。干時、四条院聖代嘉禎元年（一二三五）乙未八月上旬第四日、聖人六十三歳。伊達善然房は、伊勢の川曲にのこし置たまひけるが、同月十一日に京へ参れり。この時、後九条殿より五条西洞院の御所を能しつらひて、昔の好も浅からず、且は玉日姫君の御菩提にも侍ば、此所に移住したまへと、累に仰られしかば、九月二十日あまりに、西洞院に移りたまひき。是まで、顕智房・恵信房・善然房三人共にありて給事す。同月の末に、聖人仰られて言く、「今は都にも居なじみたり、専信は東国へ下り、真仏性信に云をきたることあり。こゝろを合て、念仏弘通あるべし。善然も伊勢に帰り、未熟の者どもを教勤あれ。都には顕智一人にて足ぬ。是もあとより伊勢につかはすべし」と云云。すなはち、十月二日、専心房・善然房・御暇たまひて、田舎に下られける。聖人は、還洛の初より、毎月二十五日、源空上人（法然）の忌をむかへ、人々を集会せしめ、声明の宗匠を屈請し、念仏勤行して師恩を謝したまへり。（後略）。

京都での親鸞の生活が安定すると、恵信尼は、越後に移住した。子供、信蓮房(明信)の外に、次男俗名有房（法名道性)、高野禅尼を伴った。末子の覚信尼（元仁元年・一二二四年生）は、親鸞のてもとに置いた。愛着があったのであろう。

恵信尼の移住は、父から相続した、越後の所領、下人などの財産の管理であった。恵信尼には、下人八人が仕えたというから、裕福であった。恵信尼は、自分の死後は、所領は、信蓮房と有房に与えるはらであった。高野禅尼は、嫁ぎ先があり、除外、末娘覚信尼には、下人をゆずることを決めた。

ところで、親鸞にも、下人「いや女」が仕えていた。関東から帰った親鸞は、生活費としては、東国の門徒による布施に頼るほかはなかったから、「いや女」までを養う余力はなかった。親鸞は、身代の給金を与え、「いや女」を弟子の照阿弥陀仏という尼に奉公させた。

五

歎異の抄

建長五年（一二五三）、親鸞は、自分の代理として善鸞を関東に派遣した。親鸞は八十一歳である。善鸞は、五十一歳くらいである。親鸞が、京都帰還後、関東の門徒の信仰はしばらく安定していた。しかし、歳が立つにつれ、彼らの信仰に動揺が生じた。一念多念・有念無念・自力他力などの教理上の混乱や、本願ぼこり・賢善精進など非難すべき行動があらわになった。これを是正すべきであった。

嘉元元年（一三〇三）、七月二十七日、高田の顕智が書写した親鸞の「義絶状」につぎの通り、記録されている。

「又、慈信房（善鸞）の、ほうもん（関東訪問）のよう（様）、みょうもく（名目）もだにもきかず（聞かず）しらぬ（知らぬ）ことを、慈信一人に、夜親鸞がおしえたるなりと、人に慈信房申されてそうろうとて、これにも、常陸下野の人々はみな、親鸞が、そらごと（空言）をもうしたるよしを、もうしあわれてそうらえば、今は父子のぎ（義）は、あるべからずそうろう」

さらに「義絶」の理由に関していう。

「第十八願の本願をば、しぼめ（凋む）るはな（花）にたとえて、人ごとにみな（皆）すて（捨て）まいら（参る）せたり」

これは、最大の教義である本願を、貶（おとし）める発言である。

しかし、この以前の善鸞の布教は、順調よくいっていたようである。

年度不詳の十一月九日、親鸞は、善鸞に返信した。

九月二七日の御文、くはしくみ（見）候ひぬ。さては御こころざし（志）の銭五貫文、十一月九日にたまはりて候ふ。

さては、ゐなか（田舎）のひとびと、みなとしごろ念仏せしは、いたずらごと（徒事）にてありけりとて、かたがた、ひとびとやうやうに申すなることこそ、かへすがへす不便（不都合）のことにきこえ候へ。やうやうの文どもを書きてもてるを、いかにみなして候ふらんやらん。かへすがへすおぼつかなく候ふ。

慈信房（善鸞）のくだり（降り）て、わがききたる法文（ほうもん）こそ、まこと（誠）にてはあれ、日ごろの念仏は、みないたづらごとなりと候へばとて、おほぶの中太郎の方のひとは、九十なん人かや、みな慈信房の方へ（すり寄る）とて、中太郎入道をすてたる（捨てる）とかや、きき候ふ。いかようにて、さように候ぞ。詮ずるところ、信心の定まらざりけるとき候ふ。いかようなることにて、さほどにおほくのひとびとのたぢろき（しりごみ）候ふらん。不便のやう（様）ときき（聞き）候ふ。またかやうのきこえなんど候へば、そらごと（空言）もおほく候ふべし。また親鸞も偏頗（不公平）あるものときき候へば、ちからを尽して「唯信鈔」「後世物語」「自力他力の文」のこころども、二河の譬喩なんど書きて、かたがたへ、ひとびとにくだして候ふも、みなそらごとになりて候ふときこえ候ふは、いかようにすすめられたるやらん。不可思議のことときき候ふこそ、不便に候へ。よくよくきかせたまふべし。あなかしこ。

二河の譬喩は、二河白道、貪瞋浄土往生を願う衆生が信を得て浄土に至るまでを譬喩にてあらわしたものである。

親鸞は、善鸞からの送金のお礼について、善鸞の布教が功を奏したことを喜んでいるが、念仏をいたずらごととする中太郎を棄てて、善鸞のもとへ、九十人ほどが、寝返ったのには、疑念を呈していて、自分の著作を読むように勧めている。

五月二十九日、親鸞は、性信房に返事を出した。そのなかで云った。

慈信ほどのものの申すことは、常陸・下野の念仏者の、みな御こころどものうかれて、はて（浮かれ果てる）は、さしもたしかなる証文も、ちから尽くして数あまた書きてまいらせ候へば、それを、いますてあうて（捨てあいて）おましまし候へば、ともかくも申すにおよばず候ふ。

まづ慈信が申し候ふ法文のやう、名目をもきかず。いはんやならひ（習う）たることも候はねば、慈信にひそかにをしふ（教え）べきやうも候はず。また夜も昼も慈信一人に、人にかくして法文をしへたる（教へたる）こと候はず。もしこのこと、慈信に申しながら、そらごとをも申しかくして、人にもしらせずして、をしへたること候はば、三宝（仏法僧）を本として、三界の諸天善神・四海の竜神八部・閻魔王界の神祇冥道の罰を親鸞が身にことごとくかぶり候ふべし。

自今以後は、慈信におきては、子の義おもひきりて（思い切りて）候ふなり。世間のことにも、不可思議のそらごと、申すかぎりなきことどもを、申しひろめて候へば、出世のみにあらず、世間のことにおきても、おそろしき（恐ろしき）申しごとども数かぎりなく候ふなり。なかにも、この法文のやうきき候ふに、こころもおよばぬ申しごとにて候ふ。つやつや（すこしも）親鸞が身には、ききもせず、ならはぬ（習わぬ）ことにて候ふ。

かへすがへすあさましゅう、こころうく候ふ。弥陀の本願をすてまゐらせて候ふことに、人々のつきて、親鸞をそらごと申したるものになし候ふ。こころうく（心憂く）、うたてき（なさけない）ことに候ふ。

親鸞の「最須敬重絵詞」巻五はいう。

「初めは、聖人（親鸞）のお使いとして坂東へ下向し、浄の教法をひろめて、辺鄙の知識そなわり給けるが、後には、法文の義理をあらため、あまつさゑ（剰え）巫女の輩に交じって、仏法修行の儀にはずれ、外道（仏教以外の教へ）尼乾子の様におわしければ、聖人も御余塵の一列にこぼしめさず。所化につらなりし人々（善鸞の影響を受けた人）もすてて、みな直ちに聖人（親鸞の許）へぞ、まいりける」

関東の人々が、善鸞の異端をあげつらって、親鸞に参って、正法を尋ねたようである。その後、親鸞は、弟子教忍あてに、十二月二十六日、関東の状勢を書き送った。

（前略）常陸国中の念仏者のなかに、有念・無念の念仏沙汰のきこえ候ふは、ひがごとに候ふと申し候ひにき。たゞ詮ずるところは、他力のやうは行者のはからひにてはあらず候へば、有念にあらず、無念にあらずと申すことを、あしう（悪く）ききなして、有念・

無念なんど申し候ひけるとおぼえ候ふ。弥陀の選択本願は、行者のはからひの候はねばこそ、ひとへに他力とは申すことにて候へ。一念こそよけれ、多念こそよけれなんど申すことも、ゆめゆめあるべからず候ふ。（後略）
よくよく「唯信鈔」を御覧候ふべし。念仏往生の御ちかひなれば、一念・十念も、往生はひがごとにあらずとおぼしめすべきなり。あなかしこ、あなかしこ。

一念・無念にこだわらず、造悪無碍に陥る危険性を批難している。

法然の「七か条制誡」第四条は云う。

念仏門において無戒行を号し、専ら婬酒食肉を勧め、適に律儀を守る者を、雑行の人と名づけ、弥陀の本願を憑む者は、造悪を恐れる勿かれと説くを、停止すべし。

しかし、善鸞が、関東であった親鸞の弟子たちの中には、以上の制誡に反する者であることが、追々と解ってきた。彼らは、親鸞の教えを歪めて理解していたのである。

問題は、善鸞が、関東にあって、徐々に地元の弟子たちの偏向に同調していったことであった。善鸞は、息子とはいえ、面授の直弟子ではない。親鸞の背を見て育つたのであり、親鸞の法をただしく、受け継いだのではなかった。善鸞の不幸である。

横曽根門徒の指導者、性信房は親鸞に信頼されていた。親鸞の五月二十九日の性信あての書状に云う。

なほなほよくよく念仏者達の信心は一定と候ひしことは、みな御そらごとどもにて候ひけり。これほどに第十八の願をすてまゐらせあうて候ふ人々の御ことばをたのみまゐらせて、としごろ候ひけるこそ、あさましう候ふ。この文をかくさるべきことならねば、よくよく人々にみせまうしたまふべし。（中略）

また慈信房（善鸞）の法文のよう、名目をだにもきかず、しらぬことを、慈信一人に、夜親鸞がをしえたるなりと、人に慈信房申され候ふとて、これにも常陸・下野の人々は、みな親鸞がそらごとを申したるよしを申しあはれて候へば、いまは父子の義はあるべからず候ふ。（中略）

まことにかかるそらごとどもをいひて、六波羅の辺、鎌倉なんどに披露せられたること、こころうきことなり。これらほどのそらごとはこの世のことなれば、いかでもあるべし。それだにも、そらごとをいふこと、うたてき（なげかわしい）なり。いかにいはんや、往生極楽の大事をいひまど（惑ふ）はして、常陸・下野の念仏者をまどはし、親にそらごとをいひつけたること、こころうきことなり。（後略）

また、親鸞は、ひきつずき、善鸞について、書き加えた。

（前略）また母の尼（恵信尼）にも不思議のそらごとをいひつけられたること、申すかぎりなきこと、あさましう候ふ。みぶの女房（不詳）の、これへきたりて申すこと、慈信房がたうたる（くださった）文とて、もちてきたれる文、これにおきて候ふめり。慈信房が文とてこれあり。その文、つやつや（すこしも手をくわえていない）いろはぬことゆゑに、ままはは（恵信尼）にいひまどはされたると書かれたること、ことにあさましき（浅ましい）ことなり。世にありけるを、ままははの尼のいひまどはせり（云い惑わす）といふこと、あさましきそらごと（空言）なり。またこのせ（世）にいかにしてありけりともしらぬことを、みぶの女房のもとへも文のあること、こころもおよばぬほどのそらごと、こころうき（心憂き）ことなりとなげき候ふ。

　まことにかかるそらごとどもをいひて、六波羅（探題）の辺、鎌倉なんどに披露せられたること、こころうきことなり。（中略）

　第十八の本願をば、しぼめるはな（花）にたとへて、人ごとにみなすて（捨て）まゐらせたりときこゆること、まことに謗法のとが、また五逆の罪を好みて、人を損じまどはさるること、かなし（悲しい）きことなり。

　ことに破僧罪（破和合僧の略）と申す罪は、五逆のその一つなり。親鸞にそらごとを申しつけたるは、父を殺すなり。五逆のその一つなり。このことどもつたへきくこと、あさましさ申すかぎりなければ、いまは親といふべからず。子とおもふことおもひき（思い切る）りたり。三宝・神明に申しきりをはりぬ。かなしきことなり。

わが法門に似ずとて、常陸の念仏者みなまどはさんと好まるるときくこそ、こころうく候へ。親鸞がをしへて、常陸の念仏申す人々を損ぜよと慈信房にをしへたると鎌倉まできこえんこと、あさましあさまし。

同六月二十七日到来

五月二十九日

建長八年（一二五六）六月二十七日これを註す。

慈信房御返事

嘉元三年（一三〇五）七月二十七日書写しをはんぬ。

これより先、建長五年（一二五三）九月日に、親鸞は、慈信房に返事している。

（前略）詮ずるところ、ひがごと申せんひとは、その身ひとりこそ、ともかくもなり候はめ（悪道に堕するようなことにもなるであろう）。すべてよろづの念仏者のさまたげとなるべしとはおぼえず候ふ。

また念仏をとどめんひとは、そのひとばかりこそ、いかにもなり候はめ。よろづの念仏するひとのとが（咎）となるべしとはおぼえず候ふ。「五濁増時は疑謗多し、道俗相嫌して用聞せず、見有の修行は瞋毒を起こす、方便して競生怨を破壊す」（法事讃・下五七六）と、まのあたり善導の御おしへ候ふぞかし。釈迦如来は「名無眼人、名無耳人」（弥陀の本願を見る目がない人、聞く耳がない人）」と説かせたまひて候ふぞかし。かやうなるひとにて、念仏をもとどめ、念仏者をもにくみ（憎み）なんどとすることにても候ふらん。それは（念仏を非難妨害されることについては）、かのひと（念仏を非難妨害する人）をにくまずして、念仏をひとびと申して、たすけんとおもひあはせたまへとこそおぼえ候へ。あなかしこ、あなかしこ。

しかし、善鸞は、この忠告を守らなかった。

かくて親鸞は、康元元年（一二五六）五月二十九日、善鸞に「義絶状」を送り、この旨、性信房に報じた。これが善鸞に届いたのは、六月二十七日であった。善鸞は、その子如信を連れて、遍歴の旅に出た。

ちなみに、性信房は、常陸の人で、文治三年（一一八七）に生まれた。若いころは、無双の荒くれもので、悪五郎と呼ばれた。武者修行を志し、京都に出て、たまたま吉水草庵の前を通りかかった。すると、十数人の男女が、草庵に入って行った。悪五郎もなんとなく、あといついて入った。法然の説教が始まった。大無量寿経の話である。

「心は常に悪を念じ、口は常に悪を云い、身は常に悪を行ず、曾て一善もない、これが人間じゃ」

悪五郎は、自分の心が見すかされるように感じた。

「もし衆生あって、阿弥陀仏を念じて往生を願ずれば、かの仏は即ち二十五の菩薩を遣わして行者を擁護したまふ。もしは坐、もしは臥、もしは昼、もしは夜、一切の時、一切の処に、悪鬼・悪神をして、その便り（悪行）を得しめざるなり」

悪五郎は、目を開かされた。すぐに弟子入りを願い出た。法然は、老齢を理由に、若い親鸞を紹介した。親鸞三十四歳、悪太郎十八歳の建永元年（一二〇六）のことである。その翌年は、親鸞流罪のときである。

伝説では、親鸞に弟子入りしたとある。親鸞が、関東布教に出たとき、建保二年（一二一四）親鸞は、性信房と連れ立って、下総に赴き、横曽根の荒れ果てた寺院を見つけた。無住であったので、これを譲り受け、聞法道場と改めた。のちの報恩寺である。性信房は横曽根門徒の指導者となった。

文応元年（一二六〇）正月九日、親鸞は、真浄御坊に書状を送り、慈信房について、報じた。しかし、親鸞に同調する者もいた。親鸞が、善鸞に義絶状を書いた前日、高田在住の覚信にも手紙を出した。それによれば、建長八年（一二五七）、高田の新仏が、弟子の賢智・専心と下人の弥太郎を伴い、三河国矢作の薬師寺を訪問、念仏をあげた。彼らは、上京の途次であった。京都から高田に戻った時、顕智は、真仏の命により、此の地に残り、三年間、布教に携わった。この間、顕智は、正嘉二年（一二五八）、上洛して親鸞に会い、「逆得自然法爾」を聞き書きしていった。

「正嘉二歳（一二五八）戊午十二月（十四）日、善法房（親鸞の弟尋有）僧都御坊、三条とみのこうぢ（富小路）の御坊にて、聖人（親鸞）にあいまいらせてのき、がき（聞き書き）そのとき顕智かくなり」また「専信房、京ちかくなられて候こそ、たのもしうおぼえ候へ」とある。

その覚信も上洛して、親鸞に、息子慶信に書かせた往生についての疑問を呈した。丁度、親鸞は病気中で、替って、蓮位（親鸞の弟子）が代筆した。


そもそも覚信房の事、ことにあわれにおぼへ、またたふとく（尊く）もおぼへ候。そのゆへは、信心たがはずしておはら（終る）れて候。またたびたび信心ぞんじ（存知）のやう、いかやうのかとたびたびまふし候しかば、当時まではたがふべくも候はず。いよいよ信心のやうはつよくぞんずるよし（由）候き。のぼり候しきに、くに（国）をちて、ひとひいち（一日市）ともふし（伏せる）しとき、やみ（病）いだして候しかども、同行たちはかへれ（帰れ）などもふし（申し）候しかども「死するほどのことならば、かへるとも死し、とゞまるとも死し候はむず。またやまひ（病）はやみ（止み）候はば、かへるともやみ、とゞまるともやみ候はむず。おなじくば、みもと（身許）にてこそおはり（終り）候はゞ、おわり候はめ、とぞんじてまいり候也」と御ものがたり候し也。この御信心まことにめでたくおぼへ候。善導和尚の釈の二河の譬喩(ひゆ)(たとえ)におもひあわせて、よにめでたくぞんじ、うらやましく候。おはりのとき、南無阿弥陀仏・南無無碍光如来・南無不可思議光如来ととなえられて、て（手）をくみて（組む）しづかにおはられて候しなり。――

蓮位は、末尾に記した。これを読んで聞かせると、親鸞は、覚信の往生のくだりで「御なみだをながさせたまひて候也。よ（余）にあわれにおもはせたまひにて候也」

この頃、親鸞の孫、信如は、自著「口伝鈔」（六）のなかで、「弟子・同業をあらそひ、本尊・聖教を奪ひとること、しかるべからざるよしの事」で経緯を記録した。

常陸の国新堤の信楽坊、聖人親鸞の御前で、法文の義理の故に、親鸞の仰せを用い申さざるをもって、咎めを受けて、本国へ下向した。その時、後弟子の蓮位房に申された。「信楽坊の、御門弟の儀を離れて、下刻されたうえは、預け渡されたところの本尊・聖教を召しかへさるべきである、なかんずく、釈親鸞と外題（書物に表題）の下に書きあそばされた聖教が多くある。御門下を離れるには、定めて尊敬の念をもってかへすべきだ」

親鸞は答えた。

「本尊・聖教をとりかへすこと、はなはだしかる（然る）べからざることなり。そのゆえは、親鸞は弟子一人ももたず、なにごとををし（教え）へて弟子といふべきぞや。みな如来の御弟子なれば、みなともに同行なり。念仏往生の信心をうることは、釈迦・弥陀二尊の御方便として発起すとみえたれば、まったく親鸞が授けたるにあらず。当世たがひに違逆（意見を異にする）のとき、本尊・聖教をとりかへし、つくるところの房号（実名とは別につけた仮名）をとりかへし、信心をとりかへすなんどといふこと、国中に繁昌と云々。かへすがへすしかるべからず。本尊・聖教は衆生利益の方便なれば、親鸞がむつび（交わり）をすてて他の門室に入るといふとも、わたくし（私）に自専（独占）すべからず。如来の教法は総じて流通物（世につたわっていくもの）なればなり。しかるに親鸞の名字ののりたる（書かれた）を、〔法師にくければ袈裟さへ〕の風情（ふぜい）にいとひ（厭う）おもふによりて、たとひかの聖教を山野にすつ（捨てる）といふとも、そのところの有情群類、かの聖教にすくはれ（救う）てことごとくその益をう（得）べし。しからば、衆生利益の本懐、そのとき満足すべし。凡夫の執するところの財宝のごとくに、とりかへすといふ義あるべからざるなり。よくよくこころうべし」

ここで、重要なことは、「親鸞は弟子一人ももたず。みな如来の弟子ならば」ということである。親鸞は、弟子を同朋と考えたのである。

これについては、「歎異抄」（六）に同文がある。

> 専修念仏のともがらの、わが弟子、ひとの弟子といふ相論（そうろん）（言い争い）の候ふらんこと、もってのほかの子細（とんでもないこと）なり。親鸞は弟子一人ももたず候ふ。そのゆえは、わがはからい（計らい）にて、ひとに念仏を申させ候ばこそ、弟子にて候はめ。弥陀の御もよほし（催す）にあづかって念仏申し候ふひとを、わが弟子と申すこと、きはめたる荒涼（途方のない）のことなり。つくべき縁あればともなひ（伴う）、はなる（離れる）べき縁あればはなるることのあるものを、師にそむきて（背く）、ひとにつれて念仏すれば、往生すべからざるものなりなんどといふこと、不可説（とんでもない）なり。如来よりたまはりたる信心を、わがものがほに、とりかへさ（取り返す）んと申すにや。かへすがへすも(決して)あるべからざることなり。自然の「ことわりにあひかないなば、仏恩をもし（知）り、また師の恩をもしるべきなりと云々。

「歎異抄」の作者とされる唯円は、京都の小野宮善念の子で、貞心元年（一二二二に）に生まれた。仁治元年（一二四〇）十九歳で、親鸞に帰依した。親鸞は六十八歳であった。師の命により常陸に赴き教化活動に従事し、河和田（水戸）に泉慶寺を開き、そこに住んだことから「河和田の唯円」と称された。親鸞からは、主として京都で教示をうけた。

或る時、親鸞は、善悪の宿業について唯円に尋ねた。

「唯円房は、わが云うことばをしんずるか」

「信じます」

「さらば、いわんとすること、違うまじか」

「謹んで信じます」

「たとへば、人千人殺してみせよ。しからば、往生は一定（いちじょう）である」

「仰せながら、一人も、この身の器量にては、殺し得ません」

「さては、なんぞさきに、親鸞が云うことを違（たが）うまじきとは云うぞ」と。

「これにて知るべし。何事もこころにまかせたることならば、往生のために千人殺せと云わんに、すなはち殺すべし。しかれども、一人にてもかなひぬべき業縁なきによりて、害せざるなり。わがこころの善くて殺さぬにはあらず。また、害せじと思ふとも、百人・千人を殺すこともあるべし」と仰せのさふらいしかば、われらが、こころの善きをば善しと思ひ、悪しきことをば悪しと思ひて、願の不思議にてたすけ給ふといふことを知らざることを、仰せのさふらひしなり」

非常にむつかしい設問である。

「宿業」とは、過去世において積み重ねてきた行為が、現世に特定の必然的な結果をもたらして在る態様にほかならない、という。世代にわたる因果論である。であれば、過去の悪は現世の悪である。必然であるからである。しかし、こころが問題である。「何事もこころにまかせたる」とは、何事か。因果応報にまかせれば、千人を殺すであろう。まかせなければ、殺さないの、反語である。そこに宿業の機縁が生ずる。「願の不思議にてたすけ」とは、念仏往生の願である。願があれば、殺せないのである。

同様のことが、「口伝鈔」（四）にある。

（前略）しかれば、機に生れつきたる善悪のふたつ、報土往生の得ともならず、失ともならざる条勿論なり。さればこの善悪の機のうへにたもつところの弥陀の仏智をつのり（頼り）とせんよりほかは、凡夫いかでか往生の得分（利益）あるべきや。さればこそ、悪もおそろしからずともいひ、善もほしからずとはいへ」

ここをもって光明寺の大師（善導）、「言弘願者　如大経説　一切善悪　凡夫得生者　莫不皆乗　阿弥陀仏　大願業力　爲増上縁也」（玄義分三〇一）とのたまへり。文のこころは「弘願といふは【大経】の説のごとし。一切善悪凡夫の生るることを得るは、みな阿弥陀仏の大願業力に乗りて増上縁とせざるはなし」となり。されば、宿善あつきひとは、今生に善をこのみ悪をおそる、宿悪おもきものは、今生に悪をこのみ善にうとし。

ただ善悪のふたつをば、過去の因にまかせ、往生の大益をば如来の他力にまかせて、かって機によき（良い）あしき（悪しき）に目をかけて往生の得否（うるやいなや）を定むべからずとなり。

これによりて、あるときの仰せ（歎異抄）にのたまはく、「なんだち、念仏するよりなほ往生にたやすきみちあり、これを授くべし」と。「人を千人殺害したらばやすく往生すべし、おのおのこのをしへにしたがへ、いかん」と。ときにある一人申していはく「、某においては千人まではおもひよらず、一人たりといふとも殺害しつべき心ちせず」と云々。上人かさねてのたまはく、「なんぢ（汝）わがをし（教え）へを日ごろそむ（背く）かざるうへは、いまをしうる（教える）ところにおいてさだめて疑をなさざるか。しかるに、一人なりとも殺害しつべき心ちせずといふは、過去にそのたね（種）なきによりてなり。もし過去にそのたねあらば、たとひ殺生罪を犯すべからず、犯さばすなはち往生をとぐ（遂げる）べからずといましむ（誡める）といふとも、たねにもよほされてかならず殺罪をつくるべきなり。善悪のふたつ、宿因のはからひ（計らい）として現果（現在に結果する）を感ずるところなり。しかればまったく、往生においては善もたすけ（助け）とならず、悪もさはり（障り）とならずといふこと、これをもって准知（なずらへ知る）すべし」

以上をふりかえってみれば、親鸞の「なにごともこころにまかせたることなら、往生のために千人殺せといはんに、すなはち殺すべし」とのきつい言葉のなかには、別の意がくみ取れる。逆に、往生の為でなく千人を殺せといわれたら、殺さないか、である。

往生は、この場合、殺人者自身のための往生である。しかし、往生のためでなく、別の理由の為に、殺せといわれたら、どうするか。それは、その機による。機熟せば、殺すのである。親鸞の脳髄のなかには、承元の法難による、安楽房・住蓮房の死罪があった。この死は、二人の往生ではない。この機は支配者・後鳥羽上皇の指図によって熟し、死刑執行人によって、処刑されたのである。人間は、その善悪にかかわらず、機あれば、一人でも千人でも殺すのである。その危ういところを指弾したのである。

「主上臣下、法に背き義に違し、忿りを成し、怨みを結ぶ。これによりて、真宗興隆の太祖源空法師ならびに門徒数輩、罪科を考えず、猥りがはしく死罪に坐す」の法謗は親鸞の肝に銘じた痛恨事であった。

「歎異抄」は、親鸞の没後、三十年ころ、唯円によって書き表された。その冒頭に、趣旨が、示されている。

> ひそかに愚案を回らして、ほぼ古今を勘ふるに、先師（親鸞）の口伝の真信に異なることを歎き、後学相続（後の者が教えを受け継いでいくについての疑いや惑い）の疑

惑あることを思ふに、幸ひに、有縁の知識（深い因縁に結ばれた仏道の師）によらずは、いかでか易行の一門に入ることを得んや。まったく（決して）自見（自分勝手な見方）の覚悟をもって、他力の宗旨を乱ることなかれ。よって、故親鸞聖人の御物語の趣、耳の底に留むるところ、いささかこれを注す。ひとへに同心行者の不審を散ぜんがためなりと云々。

「歎異抄」は十八項目からなり、後序の末尾に、承元のとき、法然らが、流刑、あるいは処刑された記事をのせ、親鸞の申し状について、付記した。

親鸞、僧儀を改めて俗名を賜ふ。よって僧にあらず俗にあらず、しかるあひだ、禿の字をもって姓となして、奏聞を経られをはんぬ（終る）。かの御申し状、いま外記庁（詔勅の起草・上奏文の記録などを司る役所）に納まると云々。流罪以後、愚禿親鸞と書かしめたまふ。

後年、本願寺八世蓮如は、これを読み、警告を添え書きした。

右この聖教は、当流（浄土真宗）大事の聖教となすなり。無宿善（仏の教えを聞く機縁のないもの）の機においては、左右なく（たやすく）、これを許すべからざるものなり。

蓮如は、この書を秘匿した。発見して、公開するには、明治の清沢満之まで待たねばならなかった。それほど、曲解される危険を懸念したのである。

六

往生浄土

親鸞は、教行信証の化身土の項目にて、法蔵菩薩の誓願のうち、第十八願・十九願・二十願について、誓願の順序を述べた。

ここをもって愚禿釈の鸞（親鸞）、論主（竜樹・天親）の解義を仰ぎ、宗師（曇鸞以下五祖）の勧化によりて、久しく万行諸善（第十九願）の化門（法門）を出て、永く双樹林下（釈迦入滅の沙羅双樹のこと）の往生を離る。善本徳本の真門（第二十願の法門）に回入して、ひとへに難思往生の心を発しき。しかるにいまことに方便の真門を出でて、選択の願海（第十八願の心）に転入（自力の行と信を捨てて、本願他力の世界にはいること）せり。すみやかに難思往生（自力の称名による方便化土への往生をいう）の心を離れて、難思議往生を遂げんと欲す。果遂の誓い（第二十願）、まことに由あるかな。ここに久しく願海に入りて、深く仏恩を知れり。至徳を報謝せんがために、真宗の簡要を摭うて、恒常に不可思議の徳海を称念す。いよいよこれを喜愛し、ことにこれを頂戴するなり。

（私訳）

この故をもって、愚禿釈の親鸞は、論主・竜樹・天親の解釈をあがめ、宗師らの導きによって、ずっと以前に、さまざまの修行を行い、さまざまの善をなすという、いまだ自力をまじえた仮の門を出て、ながく双樹林下に荘厳に往生するという考え方を離れて、善の根元、徳の根本である真の門に転入して、思い難き他力の往生の心を起こした。しかるにいま、方便（仮の手段）の真門を出て、弥陀の選択された本願を遂げようと発心した。二十願はまことに由あるおしえである。ひさしく本願の海にはいって、深く仏恩を知った。その至徳を報謝するため、真実の宗旨の簡要（あっさりとして要領のよいこと）をひろいとりて、つねづねに不可思議の大徳を称念するものである。いよいよ喜愛して、とくに頂戴するものである。

所謂、三願転入の弁である。「第十九願の他力・自力混在」から「第二十願の他力・自力融和」を経、ついに「第十八願の絶対他力」に昇化した。

親鸞は、京都在住の時期、年度不詳ながら、十月六日、関東のしのぶの御坊（真仏の御坊）に返事を出した。

尋ね仰せられて候ふ摂取不捨（取り上げて捨てない）のことは、「般舟三昧行道往生讃」と申すに仰せられて候ふをみまゐらせて候へば、「釈迦如来・弥陀仏、われらが慈悲の父母にて、さまざまの方便にて、われらが無上信心をばひらき（開き）おこさ（起こす）せたまふ」（意）と候へば、まことの信心の定まることは、釈迦・弥陀の御はからひ（計らい）とみえて候ふ。往生の心疑いなく候ふは、摂取せられまゐらするゆゑとみえて候ふ。摂取のうへには、ともかくも行者のはからいひあるべからず候ふ。浄土へ往生するまでは、不退の位にておはしまし候へば、正定聚の位となずけておはしますことにて候ふなり。まことの信心をば、釈迦如来・弥陀如来二尊の御はからひにて発起せしめたまひ候ふとみえて候へば、信心の定まると申すは、摂取にあづかるときにて候なり。そののちは正定聚の位にて、まことの浄土へ生るるまでは候ふべしとみえ候ふなり。ともかくも行者のはからひをちり（塵）ばかりもあるべからず候へばこそ、他力と申すことにて候へ。あなかしこ、あなかしこ。

ここでは、信心における往生と浄土の関係が明確に語られている。正定聚とは、必ず成仏する位のことである。この位に入れば二度と迷界に退転しないことである。ここで問題は、正定聚の位置は、現世であることである。

往生浄土とは、住(ゆ)きて浄土に生まれる、と読む。生まれるところの浄土は、死後であるか、である。死後ではない。

まことの信心について、十月二十一日の浄信御房への返事がある。

尋ね仰せられて候ふこと、かへすがへすめでたう（結構である）候ふ。まことの信心をえ（得）たる人は、すでに仏に成らせたまふべき御身となりておはしますゆえに、如来とひとしき人」と【経(きょう)】（華厳経・入法界品）に説かれ候なり。弥勒(みろく)はいまだ仏(ぶつ)に成りたまはねども、このたび（この度）かならず（必ず）かならず仏に成りたまうべきにより て、弥勒をばすでに弥勒仏と申し候ふなり。その定(じょう)（それと同様に）に、真実信心をえたる人をば、如来と（等しい）と仰せられて候ふなり。また承信房の、弥勒とひとし（等しい））と候ふも、ひがごと（不都合なこと）には候はねども、他力によりて信をえてよろこぶ（喜ぶ）こころは如来とひとしと候ふを、自力なりと候ふらんは、いますこし承信房の御こころの底のゆきつかぬ（行き着かぬ）やうにきこえ（聞こえ）候ふこそ、よくよく御案(ごあん)（じ）候ふべくや候ふらん。自力のこころにて、わが身は如来とひとしと候ふらんは、まことにあし（悪し）う候ふべし。他力の信心のゆゑに、浄信房のよろこばせたまひ候ふらんは、なに（何）かは自力にて候ふべき。よくよく御はからひ候ふべし。このやうは、この人々にくはしう（詳しく）申して候ふ。承信の御房、とひ（問い）まいらせ（参らせ）させたまふべし。あなかしこ、あなかしこ。

親鸞は、ここでは、弥勒菩薩を正定衆の位と同等に扱っている。弥勒は未来仏であるからである。承信坊がどのような人物であったかは、不明である。しかし、弥勒と等しいとして、他力に因る信心を得ることを喜ぶ心は、如来に等しいということで、申しようのない褒めことばであった。

「唯信鈔文意」はいう。

「即得往生は信心をうればすなはち往生すといふ。すなはち往生すといふは、不退転に住するをいふ。不退転に住すといふは、すなはち正定聚のくらいにさだまるとのたまふ御のりなり。これを即得往生とはまふすなり。即はすなはちといふ。すなはちといふは、ときをへず（経ず）日をへだて（隔て）ぬをいふなり。」

更に「一念他念文意」はいう。

「【即得往生】といふは、【即】はすなわちといふ、ときをえず、日をもへだてぬなり。また【即】は、つくといふ、その位に定まりつくといふことばなり。【得】は、うべきことをえたりとうぃふ。真実信心をうれば、すなはち無碍光仏の御こころのうちに摂取して、すてたまはざるなり。摂は、おさめたまふ、取はむかへむとるとまふすなり。おさめとりたまふとき、すなはち、とき、日をもへだてず、正定聚の位につきさだまるを、【往生を得】とはのたまへるなり。」

また、

「すなはち往生すとのたまへるは、正定聚のくらいにさだまるを不退転に住すとはのたまへるなり。このくらいにさだまりぬれば無上大涅槃（誠の仏）にいたるべき身なるがゆへに、等正覚をなる（成る）ともとき（説き）、阿毘抜致（あびばっち）（仏になるべき身・不退）にいたる（至る）とも、阿惟越致（あこれえつち）（無退）にいたるともときたまふ。即時入必定ともまふす（申す）なり」

「愚禿鈔　上」「二八」はいう。

本願を信受するは、前念命終なり。「すなはち正定聚の数に入る」（論註・上意）と。文

即得往生は、後念即生なり。「即の時必定に入る」（易行品　一六）と。文

又「必定の菩薩と名づくるなり」（地相品・意）と。文

これは善導大師の「礼讃」にある語で、後念はただちに浄土に往生するという意であるが、

親鸞は現世において信心を逆獲すると同時に正定聚の位に入る意とした。

普通、往生と言えば、往きて浄土に生まれると解釈する、命終の往生は、即ち、人間の肉体が喪失する往生をいうが、親鸞は違った。それは、肉体を喪失しない往生なのである。死以前の念仏往生である。それが、正定聚になることである。正定衆は、生きて浄土に行くことを阿弥陀仏によって確定的に約束された者である。では、その境地は何かといえば、俗のこの世でない、仮契約の浄土なのである。真実の浄土の化土である。よって、この化土は、念仏者の死によって、横超して、往生の願の通りに、本当の浄土になるのである。大涅槃の浄土である。

横超の「横」は、他力浄土門のこと。「超」は他力浄土門の頓教のことで、他力不思議によって往生と同時に仏のさとりを開く第十八願（弘願）の法を指す。頓教は、すみやかに仏果（仏のさとり）を得る教法をいう。

総じていえることは、以上が、仏説無量寿経の第十八願の意味するところであろう。

たとひわれ仏を得たらんに、十方の衆生、至心信楽してわが国に生ぜんと欲ひて、乃至十念せん。もし生ぜずは、正覚を採らじ。ただ五逆と誹謗正法とをば除く。

成就文はいう。

諸有衆生　聞其名号　信心歓喜　乃至一念　至心廻向　願生彼国　即得往生　住不退転　唯除五逆　誹謗正法

（諸処の衆生有りて、其の阿弥陀仏の名号を聞き、信心歓喜して、乃至一念仏して、彼の国浄土に生まれることを願えば、即得に往生し、不退転に住む。唯五逆、正法誹謗を除く。）

（しかし、親鸞は、「唯五逆、正法誹謗を除く」の制限すら除外し超越した）

ここで云われていることは、絶対他力の念仏こそが、万民平等の往生の本願であるということである。この第十八願に付随して、第十九願と第二十願がある。

十九願は、こうである。

たとひわれ仏を得たらんに、十方「衆生、菩提心を発し、もろもろの功徳を修して、至心発願してわが国に生ぜんと欲せん。寿終る時に臨んで、たとひ大衆と囲饒してその人の前に現ぜずは、正覚を取らじ。

この文中に「もろものの功徳」とあるのが、自力の「定散の諸善」ということで、自力と見做され、誓願から外された。

第二十願はこうである。

たとひわれ仏を得たらんに、十方の衆生、わが名号を聞きて、念をわが国に係け、もろもろの徳本を植えて、至心回向してわが国に生ぜんと欲しせん。果遂せずは、正覚を取らじ。

この文中に「もろもろの徳本を植えて」が、自力の所作であるとして、誓願から外された。絶対他力にそぐわないのである。これらの、一切の自力の痕跡を、現世の人間の計らいから消していくことが、親鸞の浄土への道であった。十八願こそ選択本願であった。念仏の行者たる親鸞には、浄土へ行く道に特別の方法があった。

「顕浄土真実教文類」はいう。

一　つつしんで浄土真宗を案ずるに、二所の回向あり。一つには往相、二つには還相なり。往相の回向について真実の教行心証あり。

二の一　つつしんで往相の回向を案ずるに、大行あり、大信あり。大行とはすなはち無碍光如来の名を称するなり。この行はすなはちこれもろもろの善法を摂し、もろもろの徳本を具せり。極速円満す、真如一実の功徳宝海なり。ゆえに大行と名づく。しかるにこの行は大悲の願（第十七願）より出でたり。すなはちこれ諸仏称揚の願と名づく、また諸仏称名の願と名づく、また諸仏咨嗟（讃嘆しほめたたえる）の願と名づく、また往相回向の願と名づくべし、又選択称名の願と名づくべきなり。

第十七条の願はこうである。

一七　たとひわれ仏を得たらんに、十方世界の無量の諸仏、ことごとく咨嗟して、わが名を称せずは、正覚を取らじ。

これに対して、還相の回向はこうである。

二つに還相の回向といふは、すなはちこれ利他教化地の益なり。すなはちこれ必至補処の願（第二十二願）より出でたり。また一生補処の願と名づくべきなり。また還相遺稿の願と名づくべきなり。【註論】に顕れたり。ゆえに願文を出さず。【論の注】披くべし。

ちなみに、第二十二願は次の通りである。

たとひわれ仏を得たらんに、他力仏土の諸菩薩衆、わが国に来生して、究竟してかならず一生補処に至らん。その本願の自在の所化、衆生のためのゆゑに、弘誓の鎧を被て、徳本を積累し、一切を度脱し、諸仏の国に遊んで、菩薩の行を修し、十方の諸仏如来を供養し、恒沙無量の衆生を開化して無上正真の道を立せしめんをば、除く。常倫（普通の道）に超出し、諸地（自利利他の修行）の行現前し、普賢の徳を修習せん。もししからずは、正覚を取らじ。

【論註】（下　一〇七）にいはく、「還相とは、かの土に生じをはりて、奢摩他・毘婆舎那・方便力成就することを経て、生死の稠林に回入して、一切衆生を教化して、ともに仏道に向かへしむるなり。もしは往、もしは還、みな衆生を抜いて生死海を渡せんがためなり。このゆえに〔回向を首として大悲心を成就することを得たまへるがゆゑに〕（浄土論）とのたまへり」と。

またいはく（論註・下　一三一）、「すなはちかの仏を見たてまつれば、未証浄心の菩薩、畢竟じて平等法身を得証す。（以下略）

「如来二種回向文」はいう。この「回向文」は、親鸞八十五歳の正嘉元年（一二五七）の時、書写されたものである。

七　二つに、還相回向といふは、「浄土論」(四二) にいはく、「本願力の回向を以ての故に、是を「出第五門」と。これはこれ、還相の回向なり。

「出第五門」とは、五功徳門の中の園林遊戯地門のことで、さとりの世界より迷いの世界にたちかえって、自由自在に衆生を救済するを楽しみにするということである。

八　このこころは、一生補処の大願(第二十二願)にあらはれたり。大慈大悲の誓願は「大経」(上) にのたまはく。(以下略)

ついで、その末尾にいう。

これは如来の還相回向の御ちかひなり。これは他力の還相の回向なれば、自利利他ともに行者の願楽にあらず、法蔵菩薩の誓願なり。「他力には義なきをもって義とす」と、大師聖人 (法然) は仰せごとありき。よくよくこの選択悲願をこころへたまふべし。

この悲願は、すなはち真実信楽をえたる人は決定して等正覚にならしめんと誓いたまへりとなり。等正覚はすなはち正定聚の位なり。等正覚と申すは、補処の弥勒菩薩とおなじからしめんと誓ひたまへるなり。しかれば、真実信心の念仏者は、「大経」(下) には、「次如弥勒(しにょみろく)」とのたまへり。これらの大誓願を往相の回向と申すとみえたり。弥勒菩薩とおなじといへりと「龍叙浄土文」にはあらはせり。

この往相回向あっての還相回向であった。あえて言えば、この時、親鸞自身も「正定聚」の位にあって、弥勒菩薩に替り、命終前の現世に還相の回向をめぐらしていたのであろう。なぜならば、弥勒菩薩は、未来に成仏するぼさつであるからである。

文中に「他力には、義なきをもって義とす」の文言は「歎異抄」十と関連する。以下のとおりである。

念仏には無義をもって義とす。不可称・不可説・不可思議のゆゑにと仰せ候ひき。

初めの無義の義は、自力の計らいによる義で、最後の義は、他力（弥陀の誓願）の義である。よって、唱えるべからず、説くべからず、思義すべからずとし、自力の計らいを越えたものである。一切は、弥陀のこころの内にあるとする。

ここにおいて、親鸞の言い分を、忖度すれば、我こそは、未証浄心の輩ながら、法蔵菩薩、法然上人の誓願をついで、正定聚の位に住し、一生補処し、還相回向して、現世にて、菩薩の道を歩むものである、との信念であった。

さらに、親鸞は、翌正嘉二年（一二五八二）十二月十四日、「自然法爾の事」と「義無き義」について、書状で説明した。

（前略）弥陀仏の御ちかひの、もとより行者のはからひにあらずして、南無阿弥陀仏とたのませ（頼ませ）たまひて、迎へんとはからせひつるによりて、行者のよか（酔い）らんともあしか（悪い）らんともおも（思う）はぬを、自然とは申すぞと（法然から）ききて候ふ。

ちかひ（誓い）のやう（様）は、「無上仏にならしめん」と誓ひたまへるなり。無上仏（無色無形の真如）と申すは、かたち（形）もなく（無く）ま（申す）します。かたちもましまさねゆゑに、自然とは申すなり。かたちもましまさぬやうをしらせ（知らせ）んとて、はじめて弥陀仏と申すぞ、きき（聞き）ならひ（習う）て候ふ。弥陀仏は自然のやうをしらせん料（もの）なり。この道理をこころえつるのちには、この自然のことはつねに沙汰（詮索する）すべきにはあらざるなり。つねに自然を沙汰せば、義なきを義とすといふことは、なほ義（自力のはからいがある）のあるになるべし。これは仏智の不思議にてあるべし。

この「形もなく」は後世の浄土のことである。「形まします」とは、現世のことで、無上涅槃ではない。親鸞の究極の「浄土論」であった。

親鸞は、浄土について「唯心鈔文意」でつぎのように云った。

四　「極楽無為涅槃界　極楽は無為涅槃の界なり

随縁雑善恐難生　随縁の雑善おそらくは生じがたし
故使如来選要法　ゆゑに如来要法を選びて
教念弥陀専復専」　教えて弥陀を念ぜしめてまた専らならしめたまへり

「極楽無為涅槃界」といふは、「極楽」と申すはかの安楽浄土なり、よろづのたのしみつねにして、くるしみまじはらざるなり。かのくにをば安養といへり。曇鸞和尚は「ほめたてまつりて安養と申す」とこそのたまへり。また「論」（浄土論）には、「蓮華蔵世界」ともいへり、「無為」ともいへり。「涅槃界」といふは無明のまどひをひるがへして、無上涅槃のさとりをひらくなり。「界」はさかひといふ、さとりをひらくさかひなり。大涅槃と申すに、その名無量なり、くはしく申すにあたはず、おろおろ（不十分ながら）その名をあらはすべし。「涅槃」をば、滅度といふ、無為といふ、安楽といふ、常楽といふ、実相といふ、法身といふ、法性といふ、真如といふ、一如といふ、仏性といふ。仏性すなはち如来なり。この如来、微塵世界にみちみち（満つる）たまへり、すなはち一切群生（人間世界）海の心なり。この心に誓願を信楽するがゆゑに、信心すなはち仏性なり、仏性すなはち法性なり、法性すなはち法身なり、法身はいろもなし、かたちもましまさず。しかれば、こころもおよばれず、ことばもたえ（絶え）たり。この一如よりかたちをあらはして、方便法身と申す御しがたをしめして、法蔵比丘となのりたまひて、不可思議の大誓願をおこしてあらはれたまふ御かたちをば、世親菩薩は「尽十方無碍光（じんじっぽうむげこう）如来」となづけたてまつりたまへり。この如来を報身（ほうじん）と申す。誓願の業因に報ひたまへるゆゑに報身如来と申すなり。報と申すは、たねにむくひたるなり。この報身より応（応身）・化（化身）等の無量無数の身をあらはして、微塵世界に無碍の智慧光を放たしめたまふゆに尽十方無碍光仏と申すひかりにて、かたちもましまさず、いろもましまさず、無明の闇をはらひ悪業にさへられず、このゆゑに無碍光と申すなり。無碍はさはりなしと申す。しかれば、阿弥陀仏は光明なり、光明は智慧のかたちなりとしるべし。（後略）

人間は、寿命尽きれば、涅槃に入る。はいる・はいらないは、その信心奈何によるといっている。

信心は、三信心、すなはち、至心・信楽・欲生なり。

「この真実信心は、世親菩薩は「願作仏心」とのたまへり。この心楽は仏にならんとねがふと申すこころなり。この願作仏心はすなはち度衆生心なり。この信楽は衆生をして無上涅槃にいたらしむるなり。この度衆生心と申すは、すなはち衆生をして生死の大海をわたすこころなり。」（唯信鈔文意）

この度衆生心は、正定衆のこころである。

涅槃は、安楽浄土である。極楽である。安養土である。真土である。この経典には、浄土と世間の境が重層的に示されている。無碍光如来の報身より応身・化身の身をあらわして、微塵世界（現世）に無碍の智慧光を放つということこそ、法蔵比丘のはたらきで、現世に属する。この時、法蔵比丘は正定聚である。

現世と浄土の狭間にあって、これをつなぐ役目をはたすのが、正定聚であった。度衆生心は、還相回向のことを指し、衆生心を浄土に渡すと読める。

正定聚は、「正性定聚」（正しく仏性の定まった聚）ともいわれ、サンスクリット語では、サムヤクトヴァ・ニヤタ・ラーシイと読み、「仏道不退の菩薩の仲間」の意味とされる。「浄土和讃」（二四）と（五九）をあげる。

二四　安楽国をねがふひと
　　　正定聚にこそ住すなれ
　　　邪定・不定聚くにになし
　　　諸仏讃嘆したまへり

五九　真実信心うるひとは
　　　すなはち定聚（じょうじゅ）のかずにいる
　　　不退のくらゐにいりぬれば
　　　かならず滅度にいたらしむ

「唯信鈔文意」はいう。

「即得往生」は、信心をうればすなはち往生すといふ。すなはち往生すといふは不退転に住するをいふ。不退転に住すといふはすなはち正定聚の位に定まるとのたまふ御（み）のりなり。これを「即得往生」とは申すなり。「即」はすなはちといふ。すなはちといふは、ときをへず、日をへだてぬをいふなり。おほよそ十方世界にあまねくひろまることは、法蔵菩薩の四十八大願のなかに、第十七の願に「十方無量の諸仏にわがなをほめられん、となへられん」と誓いたまへる、一条大智海の誓願成就したまへるによりてなり。

ここで注意を要することは、「即得往生」が命終でなく、現世にて行われていることである。生前の往生なのである。この宗旨は、まぎれもない。注意をが肝要である。さればこそ、「浄土和讃」七一はいう。

念仏成仏これ真宗　（念仏の成仏これこそは真の宗旨）
万行諸善これ仮門　（万行の諸善は他力の仮の門）
権実真仮（ごんじつしんけ）をわかずして　（権教の方便の教えと真実の教え）（真と仮）をわからずして）
自然の浄土をえぞしらぬ　（義なき義の自然の浄土を得ることは知られない）

いうなれば、この真と仮の区別を理解しないと浄土は得られないと説いているのである。親鸞は、聖徳太子に親近した。「正像末和讃」八八と九三にていう。

八八　大慈救世聖徳皇
　　父のごとくにおはしまう
　　大慈救世観世音
　　母のごとくにおはします

九三　正徳皇のおはれみに
　　護持養育たえずして
　　如来二種の回向に
　　すすめいれしめおはします

こうした聖徳太子への讃嘆の傍ら、自身は苦渋の思いを捨てきれなかった。「悲嘆述懐讃」にていう。

九四　浄土真宗に帰すれども
　　真実の心はありがたし
　　虚仮不実のわが身にて
　　清浄の心(しん)もさらになし

九七　無残無愧のこの身にて
　　まことのこころはなけれども
　　弥陀の回向の御名なれば
　　功徳は十方にみちたまふ

九八　小慈小悲もなき身にて
　　有情利益はおもふまじ
　　如来の願船いまさずは
　　苦海をいかでわたるべき

親鸞は、如来の願船に乗じて、苦海を渡ったのである。これによって、聖徳太子の「世間虚仮・唯仏是真」の境地を超えたのである。世間は、虚仮ではない、浄土であるというに等しい。

弘長二年（一二六二）十月末ころから、親鸞は病臥し始めた。京都給仕の弟子たちは親鸞の弟尋有僧都と相談して、新参の阿房光正を使いとして、遠江国の桑畑の専信房方へ文を送り、高田へ告げられるよう依頼した。此の時、専信房は顕智とともに、東国に趣いていた。

阿房は直ちに高谷に向かった。十一月三日であった。丁度、顕智は還ってきていた。同道して、直ちに京都に向かった。桑畑にて専心房と同道して京都に向かう途中、江州の守山で、善心房の使いに出くわした。

ここで親鸞の病状がゆるやかになったことを聞き、一休みにして、その夜、親鸞を見舞った。親鸞は、座りなおして尋ねた。

「この夜中に何事ぞ」

顕智は安堵の気持ちで答えた。

「上人の御不例、光正より承り、急ぎ参上仕つりました」

「さては、光正、河内へ行くと暇乞(いとまご)いせしに、東国へ行くは、我にはかくしけるか。さりながら、こころよきなり、よくぞ参られた」と笑い「専空はいかがせしや、」と尋ねた。

「彼は、この八月、陸奥に使わし、源海も同道して参りました」

「それはまた対面するより、喜ばしきことよ」

親鸞には、いささか、恢復の兆しが見えた。二・三日、見舞いを続け親鸞は関東布教のことなどを気分よく、語った。期限のよい時を見はからって尋ねた。

「御存命めでたきうちに、関東の慈信房（善鸞）も登られるようにもうし（申し）くだされては、如何かと存じ奉ります」

親鸞は顔色を改めて云った。

「かの者、憎しとして隔てるにはあらず。面じて我法の讎なるを知りながら、由なき徒事をも申すものか」

顕智は、親鸞の気迫に負け、敢えてこれ以上を聞けなかった。

十一月十二日、死期の近づいた親鸞は、最後の書状を東国の門弟宛におくり、身内の世話を、常陸の門徒に依頼した。

このいまごぜん（今御前）のはは（母）のたのむかた（頼み先）もなくて、そらう（所領）をもちて候はばこそ、譲りもし候はめ。せんし（善信・親鸞自身の死）に候ひなば、くにの人々、いとほしうせさせたまふべく候ふ。この文を書く常陸の人々をたのみまゐらせて候へば、申しおきて、あはれみ（哀れみ）あはせたまふべく候ふ。この文をごらんあるべく候ふ。このそくしやうぼう（即生房）も、すぐべきよう（過ごし方）もなきものにて候へば、申しおくべきやうも候はず。身のかなはず（適わず）、わびし（侘しい）う候ふことは、ただこのことおなじことにて候ふ。ときにこのそくしやうぼうにも、申しおかず候ふ。常陸の人々ばかりぞ。このものどもをも、御あはれ候ふべからん。いとほしゅう（愛しい）、人々あはれみおぼしめすべし。この文にて、人々おなじ御こころに候ふべし。あなかしこ、あなかしこ。

この書状は、常陸の人に、親鸞の死後、身内の今御前と即生房のその扶持を依頼するものであるが、親鸞にしては、愛情のこもったものである。気弱になったのであろう。善鸞義絶を敢行した親鸞の強い信仰心に比較すると、俗情というほかはない。今御前と即生房の素性ははっきりしないが、筆者は、即生房を親鸞の長男印信（範意）と考える。身内で従来親鸞の歴史に、初めにすこしでて、以後殆ど登上していない。身内というからには、この印信が改名後の即生房であろう。よって今御前の母は、即生房の妻・今御前の母のことであろう。

親鸞は、二十二・三日、余計なことは云わず、つねに称名に明け暮れた。二十七日、折々、二尊（弥陀・釈迦）曠大の御慈悲、大師源空上人の勧化にあったことを悦んだ。二十七日、申刻（午後四時）、風呂に入浴、専信に命じて、髪を剃り、その後、人を避け、顕智を呼んで、桐の念珠を与えた。二十八日正午、頭を北にし、面を西し、右脇に臥して、念仏の声がかぼそに消える間に示寂した。九十歳であった。

臨終に立ちあったのは、身内では、息子の道性（益方入道）・末娘の覚信尼・弟の尋有を始め、下野の賢智・遠江池田の専信など在京の門弟たちであった。

葬儀は、覚信尼が取仕切った。

遺骸は、東山の西麓、鳥辺野の南の辺、延仁寺の火葬場にて荼毘に付され、遺骨は、同山麓鳥辺野の北、大谷に納められた。墳墓は、一基の高い石塔を真ん中に建て、周囲に木の柵を巡らした簡素なものであった。

ちなみに、善鸞は、義絶ののち、遍歴のあと、親鸞開基の豪摂寺（愛宕郡出雲路）に住持し、親鸞の死後、二十四年頃、弘安九年（一二八六）、この地でなくなったとされる。七十歳ほどであった。

七　本願寺建立

親鸞の死後、十二月一日、覚信尼は、越後の母、恵信尼へ親鸞の往生を報告した。これにたいする恵信尼の返事は、次の通りである。

去年の十二月一日の御文、同二十日あまりに、たしかにみ（見）候ひぬ。なによりも殿（親鸞）の御往生、なかなかはじめて申すに及ばず候ふ。（中略・思い出を語る）

さて常陸の下妻と申し候ふところに、さかい（茨城県下妻坂井）の郷と申すところに候ひしとき、夢をみて候ひしやうは、堂供養かとおぼえて、東向きに御堂はたちて候ふに、しんがく（宵祭り）とおぼえて、御堂のまへにはたてあかし（松明）しろく候ふに、たてあかしの西に、御堂のまへに、鳥居のやうなるによこさま（横様）にわたりたるものに、仏を掛けまゐらせて候ふが、一体は、ただ（普通の）仏の御顔にてはわたらせたまはで、ただひかりのま中、仏の頭光のやうにて、まさしき御かたち（形）はみえさせたまはず、ただひかりばかりにてわたらせたまふ。いま一体は、まさしき仏の御顔にてわたらせたまひ候ひしかば、「これはなに仏にてわたらせたまふぞ」と申し候へば、申す人はなに人ともおぼえず、「あのひかりばかりにてわたらせたまふは、あれこそ法然上人にてわたらせたまへ。勢至菩薩にてわたらせたまふぞかし」と申せば、「さてまた、一体は」と申せば、「あれは観音にてわたらせたまふぞかし。あれこそ善信（親鸞）の御房よ」と申すとおぼえて、うちおどろき（驚く）て候ひしにこそ、夢にて候ひけりとは思ひて候ひしか。さは候へども、さやうのことをば人にも申さぬときき（聞く）候ひしうへ、尼（恵信尼）がさようのこと申し候ふらんは、げにげにしく（いかにも真実そうに）人も思ふまじく候へば、てんせい（全く）人にも申さで、上人（法然）の御ことばかりをば、殿（親鸞）に申して候ひしかば、「夢にはしなわい（種類）あまたあるなかに、これぞ実夢にてある。上人をば、所々に勢至菩薩の化身と、夢にもみまゐらすることあまた（数多）ありと申すうへ、勢至菩薩は智慧のかぎりにて、しかしながら（そのまま）光にてわたらせたまふ」と候ひしかども、観音の御こと（親鸞が観世音菩薩の化身であるという夢）は申さず候ひしかども、心ばかりはそののち（其の後）うちまかせて（ありふれた普通の人とは）は思ひまゐらせず（思はなく）候ひしなり。かく御こころえ候ふべし。（後略）

ここで、恵信尼は、法然が勢至菩薩であると同時に、夫である親鸞も観世音菩薩であると信じていたのである。稀なる慮り、優しさである。

これより先、覚信尼は、元仁元年（一二二四）、常陸で生まれ、親鸞の京都帰還に伴い、京都で同居した。久我通光に仕え、兵衛督局と号した。やがて日野広綱（宗綱）の妾となった。広綱は父を信綱といい「親鸞聖人門侶交名牒」に見える。この広綱との間に一子宗恵（覚恵）をもうけたが、建長元年（一二四九）、覚信尼が二十六歳のとき、広綱が死亡したので、覚恵を青蓮院に入堂させ、自分は当時、五条西洞院にあった父母のもとに身を寄せた。建長七年（一二五五）、西洞院が火災にあい、親鸞一家が離散すると、覚信尼は親鸞とともに、善法院に移り、ここで父の死に遭うのである。ときに、三十九歳であった。

親鸞は、自分の後継者を遺言しなかった。また自分自身の寺も持たなかった。よって京都には、弟子もいなかった。親鸞の面授の弟子は、みな関東にて法を継ぎ、布教し、成功した。義絶された善鸞も京都へは帰らなかった。善鸞の子、如信は、善鸞と別れ、陸奥の大網に移住、独自の布教に携わっていた。

覚信尼は、親鸞の法系が京都で消滅する危惧を抱いた。しかし、彼女は親鸞の面授の弟子ではない。

この後、覚信尼は、小野宮禅念と再嫁し、文永三年（一二六六）、四十三歳で、唯善を生んだ。二年後、これを伝え聞いた母恵信尼は、お祝いの書状を送ってきた。

なによりもなによりもきんだち（公達）の御事、こまかにおほせ候へ、うけたまはりたく候也、おと丶し（一昨年）やらんにむまれ（生まれ）ておはしまし候けるとうけ給はり候しは、それもゆかしく思ひまいらせ候。

文永七年（一二七〇）九月十八日、恵信尼は死去し、十九日、大江山の麓に葬られた。越後の板倉町の水田の狭間である。覚信尼は、貴重な相談相手を失い、何事も、自分で裁量しなければならなくなった。

同年十二月二十八日、恵信尼の死に替るように、覚信尼は、次男覚如を生んだ。

これより先、禅念は、正嘉二年（一二五八）、平氏の女から、今小路末南に、屋地一処を銭八十貫文で買いとっていた。

文永九年（一二七二）、親鸞没後十年の冬、ここに親鸞の廟を新設した。つまり、親鸞の遺骨を鳥辺野の北大谷から、西吉水の北の辺、禅念夫妻の居住地である、此の地に改葬したのである。改葬費は、関東の弟子たち、顕智らの協賛もあったはずである。彼らは、親鸞の分骨を持ち帰った。草堂の廟には、親鸞の映像を安置した。大谷廟堂と云われた。敷地面積は、ほぼ百四十四坪であった。

ちなみに、慶長八年（一六〇三）、知恩院の拡張に伴い、幕府は親鸞の廟所を東山五条坂に移させた。

文永十一年（一二七四）、覚信尼は、陸奥にいた如信（親鸞の孫）を京都に呼んだ。如信は三十六歳になっていた。まず青蓮院の門侶、良戒律師のもとに送りこみ、学問させた。良戒は天台宗であった。翌年、二月五日、高田の顕智が上洛してきた。これを好機として、覚信尼は、如信を紹介、顕智の弟子とした。覚信尼は、如信が、父善鸞の教義に染まることを危惧し、親鸞の面授の弟子、顕智にたよったのである。顕智は高田に帰るに際し、如信を同行、如信は一旦、奥州に下り、鹿島に移った。翌年建治二年（一二七六）の春、高田に赴き、顕智から受法した。即ち、顕智から、親鸞の夢想記の偈文並びに十七カ条を写し、白木の念珠を添えて頂戴した。法流の相伝の印信であった。如信は、一紙に誓願を認め、これを喜んで師匠に捧げた。曰く。

予、是、祖師三世の孫と為すと雖も、生を、御帰洛（親鸞）の跡を受け、三十余歳、初めて上京の処、亦入滅（親鸞）の跡に逢う。一生、恩顔を拝せずの思い、悲嘆余り有り。然し今面授の真弟に謁し奉り、而して忝に聖人口決の深旨を聞き、三代相承受法、誤る所無く、亦復、在世の行状、最も詳しく聞き伝える也。向後、子弟銘骨の誓約永く以て子孫に伝う。末代亀鏡に備える者哉、歓喜胸に満ち、感涙止め難し、心中の誠、偏に祖師の照覧を仰ぐ、頓首頓首。建治二年丙子三月五日、謹上高田顕智上人御房、受法弟子如信在判。

建治三年（一二七七）九月、覚信尼は、親鸞没後十五年となり、自分の土地（大谷廟の敷地）を「親鸞上人田舎（高田など）の御弟子達御中」へ寄進した。よって、廟堂は敷地とともに門徒の共用になった。しかし、門徒の多くは東国の辺境に居住しているので、廟堂の管理人になることができない。いきおい、その責任は覚信尼が負うことになった。留守職である。これによって、覚信尼の生活も安定した。

もっとも、この同年九月二十二日、覚信尼は念のため、下総の猿島の常念にも同様の寄進状を送り、また同年十一月七日には、下野の高田の顕智と常陸の布川の教念あて、更には、弘安三年（一二八〇）十月二十五日、飯沼の智光と証信にも出されているから、余程心配したのである。

弘安六年（一二八三）十一月、覚信尼は喉の病気にかかり、自分の死期を意識した。同月二十四日、東国の門弟中に、留守職を長子覚恵に譲ることを告げた。「みはか（御墓）の御るす（留守）の事申しつけたる、尼覚信房最後状案」につぎのように記載された。

覚信尼は「聖人の御墓の御沙汰、つまり留守職を（自分にかえて）専証房（覚恵）に申し置いたことを告げ、たはたけ（田畑）ももた（持たず）ず候へば、（覚恵に）ゆずり（譲り）おく由もないが、尼が存命しょうが、しまいが、見捨てないでほしい」といっている。

以上を見届けた上で、覚信尼は、弘安八年（一二八五）、六十四歳で死去した。（一説には、弘安十年十一月二十三日とある）

留守職は、覚恵が継いだ。仁治・寛元年間（一二四〇～一二四七）の生まれで、七歳の時、父日野広綱を亡くし、親戚の日野光国の世話で、青蓮院尊助の門に入り、密教を学んだ。中納言阿闍梨宗恵と改号、程なく青蓮院を退出、専証と号し、後に覚恵と改めた。彼は、幼時に親鸞の膝下にあったから、真宗に戻ったのである。遁世後は、如信と交際し、影響を受けた。

青蓮院を退出のあとは、親鸞の住んでいた三条と富小路の尋有僧都の禅法房に住んだ。ここで、弟覚如の誕生を迎えた。元永七年（一二七〇）のことである。

この禅法坊は、親鸞の息男即正房（範意）の孫で、山門の堂僧であった源伊が相続していた。一方、親鸞の帰洛の時、随従して親鸞の晩年を世話した下間(しもつま)蓮位房の子、来善は、即生房に下人として譲られ、その子孫は、源伊に相伝された。覚恵はこれに金品を与えて買得し、更にこれを孫の存覚に譲った。

文永九年（一二七二）頃から、覚恵は、大谷に帰り、覚信尼と同居した。

この覚恵の留守職就任を喜ばない者がいた。異父弟の唯善である。彼は、母所有の敷地が当然自分に相続予定されたものと信じ込んでいたが、それは自分が幼少の為であった。

唯善は、文永三年（一二六六）の生まれで、のち仁和寺相応坊守助僧正の弟子となり、大納言阿闍梨弘雅と号し、山伏としての経歴を持っており、奥州で結婚、子供を得ると生活に困っていた。これを知った覚恵は、唯善一家を、河和田から京都に呼んで同居させた。

しかし、二家族になると手狭になった。唯善は、禅日房良海に懇望して、廟堂の南隣の地を買うことにした。永仁四年（一二九六）夏、常陸の奥郡の門徒が上洛してこれを求め、以後、唯善はこの南殿に住んだ。この時、良海は沽却状（売却証文）の宛名について誰にするかを問い合わせた。唯善宛とするものもあったが、覚恵は、覚信尼の素志として、門弟中とすべきを主張した。このため唯善は顔色を変じて立腹した。結局、宛名は門弟中になった。

この地はのちに、大谷南地と呼ばれ、面積は、北地と同等の四百四十坪である。これにより、従来の廟堂の敷地は、三百坪に拡張された。

南地には、のち唯善が坊舎を建てて住んだ。関東の門徒が、廟堂を参詣するとき、まず「北殿」の覚恵を、ついで「南殿」の唯善を訪れるようになった。

唯善が大谷南地の獲得に失敗した永仁四年（一二九六）、覚恵は六十一歳、覚如は二十七歳、唯善は三十一歳であった。

これより先、弘安十年（一二八七）十一月十九日、親鸞卅（三十）忌参会のため如信は、奈良から帰洛し、大谷に参詣した折、覚如に会った。覚如は三十歳であった。「慕帰絵詞」はいう。

「（覚如は）如信上人と申す賢哲にあひて、釈迦・弥陀の教行を面授し、他力摂生の信証を口伝す」

正応三年（一二九〇）、覚如は父覚恵とともに、東国に下向した。相模の余綾山中で、風瘧にかかり病臥した。そこへ善鸞が、如信を連れて訪ねてきた。善鸞は、覚如の病状を見て、符を書いて、これを飲みこむよう勧めた。善鸞は付け加えた。自分は符をもっている。これで、凡その災難は対治できる。邪気・懊悩・呪詛・怨家以下、効験なしとしない。そなたの病は、温病と見受ける。これを服せば、たちどころに平癒するであろう。

覚如は、この山伏まがいの呪術に当惑した。親鸞からみれば異端である。しかし、先輩の言をことわれない。飲むまねをして、手の中に隠し、口にいれなかった。如信は見ているだけで、何も言わなかった。後日、善鸞は人に語った。自分の符術を覚如は軽蔑して用いなかったと。

その後、十年にして、如信は正安二年（一三〇〇）正月四日、金沢の乗善房の草庵で、死去した。六十六歳であった。

如信の訃報は、この秋、大谷に伝わり、覚如は、追善を修し、その後、一年忌、三年忌を京都で行い、正和元年（一三一二は）、十三回忌にあたり、その前年冬、如信の終焉の地金沢の道場で、諸方面の門弟を集めて、追修の仏事を営んだ。更には、大網の遺跡にも参詣、一座の梵筵を述べた。

西安三年（一三〇一）、冬、鹿島門徒に属する、羽前（うぜん）長井の長井導信が、覚如に法然上人の伝記の執筆を依頼するため、上洛してきた。この時、導信は、唯善の内緒ごとを覚如に耳うちした。

「唯善は、父禅念からの南地の譲り状を持っている。よって大谷廟堂の坊地の所有権は自分にある。自分に認証する院宣（いんぜん）（院司が、上皇あるいは法皇の意をうけたまわって出す奉書形式の文書）を出してもらいたいと画策している噂だ。したがって、廟堂の管領を企てているらしいが、これは間違いだ。なんとならば、当敷地は、親鸞の御影堂を建立せんがため、覚信尼から門弟が管領するよう、寄進状に、はっきりいってある。唯善は偽文書を作り、善念よりの譲り状があるなどと云いだすことは、母覚信尼の意志にそむくこととなり、母子敵対するに至る。放任すべきではない」

　事実、唯善の偽文書は存在し、その末尾に云う。

> 唯善一子たるの間、相伝管領以来、坊地と云い，影堂と云い、已に数十ケ廻の星霜を送るものなり。爰（ここ）に員外非分の輩（ともがら）、ややもすれば事を左右に寄せ、希望を致すの条、存外の次第なり。所詮、猛悪非分の教望を停止し、唯善永く相伝管領を全くせんが爲に、安堵の院宣申し賜らんと欲す．仍って粗（ほぼ）言上件（くだん）の如し。
>
> 西安三年十二月　日

　唯善の策謀を聞いた覚恵は、宗真法印の仲介で、参議六条有房を訪れ、事情を述べた。有房は、禅念の譲状の通り、処置したと答えた。ただ、禅林寺長老規庵が取り付いて来たので、一も二もなく、院宣は出された。重ねて事情を訴えれば、定めて正理に帰して、唯善の要求は退けられるであろうとした。

翌年、覚恵は、訴訟費用調達のため、東国に下向、資金を得て帰り、直ちに有房に訴え、幸いに院宣を受けた。

親鸞聖人影堂敷地の事、山僧（源伊）濫妨（らんぼう）に依り、唯善歎き申すの間、院宣を下さるると雖も、所詮、尼覚信の興文に任せ、門弟等の沙汰、相違有る可らざるの由、院宣により、仰（おお）する所、件の如し。
正安四年二月十日　　参議
親鸞上人門弟等中

同年四月二十九日、順性以下鹿島門徒を中心とする三十一人の東国門徒は、院宣の入手を機に、連署状をもって、「御影堂之御留守」は、覚恵がその任に当たることを認めた。

翌嘉元元年（一三〇三）鎌倉幕府は、踊念仏の一遍の門下が、群をなして横行することに対して、一向宗を禁制した。この当時、親鸞の教えは、一向宗に含まれていない。

これを幸いに、唯善は、下総の横曽根門徒の木針の智信から三百貫、その他の門弟から数百貫を調達し、その莫大な運動資金もって、幕府に取り入り、親鸞門徒の安堵状を得た。

こうした執拗な行動は、ただごとではない。多くの協力する門弟あってのことであった。

「（前略）親鸞上人門流においては、諸国横行の類に非ず。在家止住の土民等勤行の条、国として費無し。人として煩無し。彼等に混す可らざるの由、唯善彼の遺跡として、申す所其の謂無きに非ざるの間、免許せらるる所、件の如し。」

正安四年（一三〇二）五月二十二日、覚恵は重病にかかり、後継者を確定する必要にかられ、息子の覚如を、留守職する旨、関東の「国々の御同行の御中へ」書き送った。同時に、覚如自身にあてて、一通を書き送った。その主なものは「又南の地は、国々の門弟合力して、御影堂の敷地のためにとて、かいよせ（買い寄せ）たり。かのうりけん（売券）も覚恵帯すべしと門弟等申によりて所持す。しかれば御影堂の敷地南北の文書等、弟子たるによりて覚如房に之を渡す」である。

あとの一通は、覚信尼への親鸞の消息と、御影堂の敷地の本券証文並びに具書を渡すことである。念のいった配慮であった。

翌嘉元二年（一三〇三）十二月十六日、唯善は、鎌倉幕府から安堵の下知状を得、これを顕智に報告した。

「唯善苟も親鸞上人の遺跡たるに依り、且は祖師の本意を興さんがため、且は門流の邪正を糺さんため、子細を申し披く」

徳治元年（一三〇六）、重病にて病臥中の覚恵を、唯善が訪れ、御影堂の鍵を寄こすよう強要し、占拠した。覚恵はやむなく三条朱雀の衣服寺の近在、覚恵の妻播磨の局の父教仏の家に移住した。翌徳治二年四月十二日、ここで死去した。

徳治三年（一三〇八）、関東の門弟代表の三人、即ち、常陸の鹿島の順性の使、浄信、下野の高田の顕智の使、善智、三河の和田の信寂の使、寂静が上洛し、善法院にいた覚如を訪て来た。三人の使者の用件は、門弟らの意思が、唯善が、大谷廟堂を占拠することは、かつて門弟等が莫大な費用をもって、院宣を賜り、多年にわたって廟堂を維持管領してきたことを、蔑ろにするものであるから、唯善を退けてほしいということであった。

覚如は、訴訟を思い立った。当時、京都での訴訟は、朝廷の採決を得ることができず、検非違使庁の裁断を要した。顕如は、使庁の別当（長官）、中院通顕（なかのいんみちあき）に提訴した。ところが、覚如の長男存覚の猶父（形式上の養父）の冷泉親顕の弟である顕盛は、通顕の読書の師範であった。これらの交流が縁となって有利となり、大谷廟堂の安堵の別当宣が下された。

しかし、唯善が、誘引した山徒は容易に大谷北殿を退出せず，使庁の下級役人も強制しなかった。関東からの使者は、重ねて伏見院の院宣を賜る必要を助言した。

覚如は、猶父の日野俊光の伝手（つて）を頼り、事情を述べた。数日後、結論が出た。伏見院は、検非違使庁の処置にまかせるとの勅答であった。覚如は、その申請書の文案を俊光に相談した。その文句は次の通りである。

「親鸞上人影堂並びに敷地の事、正安の院宣・使庁の成敗に任すの由、聞し召さる者。院宣此の如し。仍って執達件の如し。延慶元年月日判」

あて先は「親鸞上人門弟等中」であった。

唯善は、これに対抗して、一計を巡らした。大谷廟堂の敷地の移転の由来から書きおこして論陣を張った。青蓮院に申し出て、院宣を青蓮院門跡に下せるように謀ったのである。

その要旨は、大谷廟堂の敷地については、領主法楽寺の本所である妙光院、そのまた本所の青蓮院の支配すべきものである。青蓮院を差し置いて、院宣や検非違使庁の採決を仰ぐにはもってのほかである、ということであった。青蓮院門跡慈深はこれを覚如に申し渡した。覚如以下は驚嘆した。関東からの使者は、資金も不足し、無駄として帰国した。

延慶二年（一三〇九）、再度、鹿島・高田・和田の三使が上洛した。青蓮院門跡の坊官である伊予法眼大谷泰任（いよほうげんおおたにたいにん）の宿舎に赴き、交渉の結果、双方が青蓮院に参候して、門跡の雑掌立ち合いのもとに、対決することになった。覚如は、篭居していた洛南の宇治の三室戸から出て、入京、七月上旬、対決した。青蓮院は公論を避け、双方の出頭者を別々の部屋に置き、雑掌がその間を往復して、取次ぎ、内容を陳述させた。後日、青蓮院の下知状が届けられた。

長文であるので、末尾のみ記す。

早く本願主覚信（尼）の素意に任せ、門弟等の進止（命令）として、祖師の追孝を専らにす可し。覚信の子孫等の拒否に於ては、宜しく門弟等の意に在る可きか、てぇり。
青蓮院法印御房の御気色に依って、執達件の如し。
延慶二年七月十九日　　　　　　　　法眼判奉
親鸞上人門弟等御中
（追申）
本願主覚信の素意は、専ら上人の影堂を全くせんがためと云々。而るに相論の最中、唯善潜（ひそ）かに、影像・遺骨を他所に渡すの条、太（はなはだ）以て然る可からざるの間、急ぎ返し渡す可きの由、度々仰せ下され畢（おわん）ぬ。存知せらる可きの由、同じく仰せ下され候なり。

青蓮院の採決に敗れた唯善は、鎌倉に下向、幕府の門前の、常葉台に堂舎を造営、大谷から奪ってきた聖人の遺骨と影像を安置し、多くの参詣者を集めて、繁昌した。鎌倉幕府第七代将軍維康卿の尊崇をも勝ち得たという。その末葉は、関宿の西興院（中戸山西光院）という大坊となって、関東七大寺のひとつに数えられた。

青蓮院の沙汰は、覚如にひとまずの安堵を与えたが、失望もあった。自分が、大谷廟堂の留守職に命じられなかったことである。

関東の使者は、唯善逃亡のあと、大谷廟堂の管理を性善（しょうぜん）に委ねることにしていたのである。この性善は、美濃坊仙芸とも称した下間（しもつま）性善である。仙芸は、親鸞の従者として、常陸下妻から上洛した蓮位房の孫で、親鸞の実子即生房（長男信如）の下人来善の子である。来善父子は下人として、即生坊から源伊、ついで覚恵、さらに存覚へ引き継がれ親鸞一族に三代にわたり従者として仕えてきた。

この大谷廟堂留守職は打開すべき課題であった。同年七月二十六日、覚如は、親鸞御門弟御中へ懇望状を出した。十二カ条に及ぶ長文である。一部を記す。

「毎日の御影堂の御勤め闕怠（けったい）すべからず事。財主尼覚信の建治、弘安の寄進状に背くべからざる事。御門弟等御中より御留守職申し付けられると雖も、御門弟の御意に相背くにおいては一日片時なりと雖、影堂敷内を追い出される時も、一言の子細を申すべからぬ事。向後においては本所の御成敗の旨に任せて、御門弟等の御計らいに背くべからざる事。御影堂留守職を申し付けらるると雖も、全く我が領の思いを成さざる事。御門弟の免許を蒙らずして左右なく諸国に罷り下り、或いは勧進と称し、或いは定員数諧（かな）わずと号して、御門弟に諂（へつら）い奉らざる事」

文中に「留守職」とあるのが「留守職」の初見で、留守役でない、職としての認知とその自覚が見える。全体に遜（へりくだ）った文案で、唯善と同等に見なされることを排除する気持ちを表している。それは、人間としての器量の問題であった。

延慶三年正月、覚如は東国に下向した。四十一歳になっていた。留守職就任を求める行脚であった。内心、留守職が若し叶えられないならば、有志の門徒に計らい、一寺を建立する腹であった。そのため、御影堂相続の事、若狭（福井）・伊賀（三重）久多庄のことを記した譲状を存覚に与えた。長男存覚を後継者にするつもりであった。しかし、幸いに安積（あさか）（福島の郡山安積村）・鹿島（茨城群鹿島村）門徒を始め、東国の門弟が、覚信尼の最後の状を差し入れることを条件に、留守職を認めた。京都に帰国したのは、秋になってからであった。

延慶二年（一三〇九）七月二十六日、影像を失った大谷廟堂は、青蓮院の指令により、高田の顕智等の世話で、新たに影像・遺骨を安置・復旧した。翌三年七月、顕智が亡くなると、奥州安積の法智が中心となって、破却された堂舎・庵室を造営し、王長元年（一三一一）十一月二十八日、東国門徒多く上洛し、覚如のもと、親鸞の御正忌を修した。

延慶三年（一三一〇）の秋、覚如は晴れて大谷廟堂の留守職に就任した。その役目は、管理のみならず、真宗の統括者として、門徒を訓育し、拠点としての寺院を創建することであった。

応長元年（一三一一）五月、覚如は、長男存覚を伴い、越前に下向、大町（福井市大町）の如道のもとにて二十二日ほど滞在し、「教行信証」を伝授した。この時、覚如は、自分の正統性を誇示するため、親鸞のいわゆる「鏡御影（かがみのみえい）」を携行した。御影の筆者は、専阿弥陀仏で、彼は鎌倉時代の肖像画家として名高い、藤原信実の子である。その巻留に、覚如は次のように記した。

専阿弥陀仏は、聖人御存生之尊像を拝し奉り、謹んで之を図画し奉る。末代無双の重宝、仰いで之を帰敬可し。毛端違い奉らず云々。其の証を得る所也。

延慶三歳庚戌十一月廿八日以前、修補奉り供養を遂げ訖(おわ)んぬ。

応長元歳辛亥五月九日、越州に於て教行信証講談之次、之を記し了(おわんぬ)。

同年冬、覚如は、奥州に下向して、如信の旧跡にて、十三回忌を修した。この時同行した法智と容堂の寺号掲額作成について相談した。翌正和元年（一三一二）夏、法智は、専修寺の額を提案した。額の字は、存覚が錦小路僧正の口添えで、当時名筆として名高い世尊寺の経伊(つねただ)に書かせた。

しかし、この年の秋、比叡山山門は、事書き(ことがき)（大衆の異議）を大谷廟堂に送りつけ、一向専修は、往古幕府に依り、停廃されているところで、「専修寺」の寺号を不可とし、破却すると云ってきた。覚如は、日野家の縁を頼って諒解を求めるも不成功におわり、撤去せざるを得なかった。山門は、寺号を改めることを要求し、寺号公称には反対していなかったので、別称を考えた。

元亨元年（一三二一）の「親鸞聖人門弟等申し状案」と「妙高院僧正挙状案」に「本願寺」が記されている。また、嘉暦元年（一三二六）九月五日、覚如五十七歳のとき、「執持鈔（しゅうじしょう）」を著し、冒頭に記した。

一　本願寺聖人の仰せにのたまはく、
来迎は所行往生にあり、自力の行者なるがゆゑに、臨終まつこと来迎たのむことは、諸行往生のひとにいふべし。真実信心の行人（ぎょうにん）は、摂取不捨のゆゑに正定聚（しょうじょうじゅ）に住す。正定聚に住するがゆゑに、かならず滅度に至る。かるがゆゑに臨終まつことなし、来迎たのむことなし。これすなはち第十八の願のこころなり。臨終をまち来迎をたのむことは、諸行往生を誓ひましします第十九の願のことなり。


元弘三年（一三三三）六月十六日、護良（もりなが）親王令旨によって、本願寺並びに久遠寺が御祈祷所とし、留守職を安堵する旨を認められた。この久遠寺は、本願寺の「かよひどころ」のことで、のち京都の西山別院である。

同年二月二日、覚如の二男従覚に長子光養丸（善如）が生まれた。同五月二十一日、新田義貞は鎌倉を陥れた。

十一月三日、青蓮院門跡慈道親王により、親鸞門弟等に、影堂並びに敷地は、門弟等の進止（指図）足るべき旨の安堵状が出された。よって翌建武元（一三三四）五月九日、同青蓮院より、留守職安堵状を得た。

建武三年（一三三六）、本願寺は、足利尊氏の九州よりの東上により戦火の巷となって焼失した。これを避けて、覚如は、近江の瓜生津に疎開していたが、親鸞の御影像も失った。翌年の建武四年、覚如は、近江より帰洛し、西山の久遠寺に入り、ついで覚如の娘の安居護が、壬生雅康に嫁していたので、その雅康邸に移居した。

同年九月二十五日、覚如は「改邪鈔」を著し、三代相続の正統性をその末尾に記した。

右この鈔は、祖師本願寺聖人　親鸞、先師大綱如信法師に面授口決せるの正旨、報土得生の最要なり。余、壮年の往日、かたじけなくも三代　黒谷（法然）・本願寺（親鸞）・大網（如信）伝持の血脈を従ひ受けて以降、とこしなへに蓄ふるところの二尊興説の目足（肝要なもの）なり。（後略）

暦応元年（一三三八）九月、覚如は、かつて元亨二年（一三二二）六月二十五日、存覚の留守職を剥奪して義絶していたのを、瓜生津の門徒愚拙の斡旋を受けて義絶を免除した。義絶免除の理由は同月、存覚が備後で法華宗徒と法論してこれに勝利したことが評価されて、留守職に復帰した。覚如は一時退隠した。

同暦応元年（一三三八）十一月、高田の専空が他所から中古の堂舎を三十六貫で買い求め、和田の寂静も上洛して、大谷に移建した。

暦応二年四月十二日、覚如は、壬生雅康邸で、覚恵の三十三回忌を修し、秋に大谷に還住した。十一月二十八日、留守職継承について、興文四通を書いた。

第一条では、本願寺の留守職は、覚信―覚恵―覚如の三代のあとをうけ、善証房―従覚―光養丸が継承すべきである。第二条では、存覚の妹で、雅康に嫁している安居御の扶持について、一族の者の間で十分留意すること。第三条では、存覚は覚如の死後、本願寺並びに久遠寺を奪取しようと計画しているとも噂があるが、もしそうゆうことがあれば、公家や武家に訴えて、狼藉を退けるべきである、とした。

別文の「処分す、東山大谷本願寺幷びに西山久遠寺御留守職の事」に次に通り記した。

右、御留守職は、愚老に至り、既に三代相続、敢えて以て依違（いい）なし。而るに病気頻りに侵し、旦暮（たんぼ）識り叵（がた）し。茲（これ）に因り、次第附属の儀を以て、従覚御坊、御留守職として、本願寺竝（なら）びに久遠寺を住持す可きものなり。（後略）

文中の「住持」とは、別当職（住職）のことである。住持は、法統である。ここで、真宗の法統が、血脈を統合して、継承することが、明確に言及されている。他宗派にないことである。

ここで問題は、覚如には、長男存覚がいるのに、これをさておき、次男従覚を留守職兼別当になぜ任命したかである。此のねじれ現象には、覚如・存覚父子の間で宗意の離反がある。本願寺・久遠寺奪取とは、正当かである。

この節、覚如の主義は親鸞の教えを墨守することで、その反面、東国の門弟の離反があり、高田派の了源の仏光寺教団の隆盛と対立していた。この了源と存覚が結びついた。

覚如は、これ等の離反する門弟を、「改邪鈔」の最後の綱目で、指弾した。

> 至極末弟の建立の草堂を称して本所とし、諸国こぞりて宗敬の聖人（親鸞）の本廟本願寺をば参詣すべからずと諸人に障礙せしむる、冥加（仏祖の加護）なき企ての事（中略）祖師の御本所をば蔑如し、自建立のわたくしの在所をば、本所と自称するほどの冥加を存ぜず、利益をおもはざるやから、大驕慢の妄情をもっては、まことにいかでか仏智無上の他力を受持せんや。「難以信斯法」（斯の法を信じ以て難し）の御釈、いよいよ思ひあはせられて厳重なるものか、しるべし。

この四年後の康永元年（一三四二）、覚如は再び存覚を義絶した。その理由は、存覚が浄土真宗の正統からはずれた異端の法を説いたからであるといわれる。同年十二月二十四日、覚如は、妙光院門跡から留守職の安堵と存覚義絶の令旨を受けた。

これより先、建武二年（一三三五）、十二月八日、仏光寺の了源が、伊賀国の七里峠にて、盗賊に襲われて絶命、ついでその子源鸞も貞和三年（一三四七）になくなった。この二人は、存覚に同調するものであった。

貞和五年（一三四九）五月二十一日、覚如は妻善照房を亡くした。享年五十歳であった。覚如が悲嘆に暮れていた時、存覚の赦免を企むものがでたが、実現しなかった。善照房の菩提を弔うとして訪れた門弟の中に、錦織寺慈空がいた。しかし、存覚の縁者であるという理由で、覚如へ会うことも断れ、参拝もできなかった。

同年九月七日、存覚は大和より上洛、六条大宮に居住した。同月晦日に、蔵人右衛門権佐の日野時光を訪れ、覚如和解を依頼した。困難であると断られた。十月、門弟の学門を三河に遣わし、和田門徒に和解の斡旋を依頼したところ、ようように承諾を得た。

こうした協力者の援助により、翌年八月九日、覚如・存覚親子は、面会して、和解した。覚如八十歳、存覚六十一歳であった。和解の条件は、「寺務職之望」を断つことであった。しかし、存覚の義絶の理由が氷解したわけではない。老人の覚如は親子の情にまけたのである。

この報に接した摂津・大和の門徒は、歓喜のあまり存覚の住む六条大宮に参集、喜びを分かち合った。

この翌日、樋口大宮の某邸にて、法事讃が修された。存覚は息子の綱厳を伴い参列した覚如も、従覚、その子俊玄（光養丸の兄）を連れて参会した。翌十一日、存覚は、父とともに、樋口大宮の日野信光の邸での謌誡（歌会）に出席、更に従覚・俊玄も来会、歌を詠んだ。明十日、覚如は、覚恵の命日に当たり、恒例の法恩の行事があるので、参列するよう存覚に命じたので、存覚は当日、大谷に参向した。

この間、覚如はひそかに置文を認めた。

光玄法印（存覚）の事、当時大師聖人の冥慮（奥深い思い）に任せ、先年永く不孝義絶せしむるの処、当家一門の家督に属し、愚老（覚如）閉眼の後、全く係望（事務職を望むこと）を致す可らず。只免許の一言を示さば、望む所足る応しと云々。茲に因り、重ねて冥慮を窺うの日、勘発を許す可しと云々。仍って去る九日免許、向顔し畢んぬ。申請の旨に任ずるの上は、更に寺務職の望を断つの条、勿論なり。愚老の滅後、存日の言辞に背き、其の望を致さば、此等の状を以て、厥の支証として、公家武家に訴え申し、寺務職を全くす（正しくする）可き者なり。凡そ此の如き世出世の重事、身に於て、唯冥慮を仰ぐの外、更に私無きに就き、重ねて書き置く所、件の如し。

観応元庚寅八月廿八日

宗昭（覚如）（花押）

同年九月十四日、覚如は、本願寺を訪ねてきた存覚を間に、孫の俊玄の弟光養丸（観応元年［一三五〇］正月二十一日十三歳で死去）の生前のことなどを語って和やかに過ごした。

同年十一月二十一日、覚如は念の為、宗康（善如）へ別当職譲状を認めた。

譲り渡す本願寺別当職の事

右、愚老八旬有余の齢（よわい）、旦暮（たんぼ）に迫る。命終以後は、二千石宗康、俗別当たる可きものなり。仍って附属状、件の如し。

観応元年庚寅十一月廿一日　　　　宗昭（花押）

時に善如は十七歳であった。これにて、覚如の念願の本願寺別当職世代が、親鸞—覚如—善如と確定したので、一安心であった。

その翌日、存覚は恒例の報恩講にも参籠し、二十八日結願後、その夜、六条大谷に帰った。更にその翌日二十九日、存覚は、河内に下向して、妙性の宿所に到着、暫くの滞在の後、大枝の妙覚の宿所に移った。翌観応二年正月八日、覚如の書状が使者法心によって、届けられた。年賀を述べ、あとは、折柄の天下の騒動のせいで、加茂川の西および北の方面は、とくに物騒を極め、ために大谷の望舎も、生活に困窮している旨が記されていた。

存覚は、手元の苦しい中、銭貨十疋、さらに長光丸の一年忌、追善供養のため、その母あてに五十疋を、盗賊予防のため、法心の帷子の下の紙衣の内側に張り付け居て、十三日、送りだした。案の状、法心は、帰洛途中、山崎にて、軍勢に遭遇したが、帷子だけをとられ、紙衣の無事であった。大谷に帰ったのは正月十七日であった。

同月十九日、大谷から覚如不審のしらせが、存覚のもとに届いた。翌二十日、存覚は馬を駆って、京都を目指した。折しも極寒で、渡河では、馬の尾についた水滴が氷結する有様であった。ようよう夕刻、六条大宮に着いた。あと一息で大谷に参上した。覚如は昨夕、示寂していた。

覚如は十八日の朝から、病勢悪化し、世事は一切口にせず、苦しい息の下、あえぎあえぎ念仏を唱えた。この間、傍らの付き添いに、二首の歌を口述し、書付させた。

南無阿弥陀仏　仏力ならぬ　のり（法）ぞなき、たもつ心も　われとおこさず

八十路（やそじ）あまりを　くりむかへて（繰り迎えて）此春の、花にさきだつ　身ぞあはれなる

翌十九日払暁、側近のものが、医師を招聘した。すでに脈拍も悪く、良薬も効験なく、ついに西刻（とりのこく）（午後六時ごろ）、頭北・西面して、息絶えた。「存覚袖日記」は記した。

老上人御終焉、観応二正月十九日酉之中刻也。

一　口口廿一日葬送ノ事、河島ハ程遠ク所務ノ障リアレバ、大祖ノ旧例ニマカセ、延仁寺可然問答、当住誓阿懇義ニ取持。廿三日朝出棺。

随従　下間讃岐長芸親子

門侶　有昭　善教　覚浄　教円　乗智　成口
唯縁　道慶　寂定
又上洛ハ所謂如導　助信　善範　順教　順乗
空性　完元　智専
ソノ外ニモアリ。

一　式ハ大祖ノ行装ヲマネテ揚輿（あげこし）。先ニ松明一対。火ノ番、赤衣四人也。
焚香　従覚　俊玄　予乗専
随テ上足ヨリ次第。
一　拾骨、取収メカメニ入ル。勤行礼讃無常偈口念仏廻向。
一　河島ハカノ禅尼ノ由縁アルニヨリ、墳墓オコトカネテ云伝アリト。口行装次、
別ニ乗専口写申候事。

覚如の死後二年の文和二年（一三五三）一月十九日、存覚は、数年間滞在していた六条大宮の坊舎を大谷の今小路に移転した。ここは、存覚の号常楽にちなみ、常楽台と称された。以後そこに十年ほど滞在し、この間、錦織寺の慈空から、住職就任を請われたが、高齢を理由にこれを断り、代わりに息子の綱厳を慈空の養子とし、錦織寺住職とした。この時、綱厳は、慈観に改名した。

応安六年（一三七三）三月二十二日、存覚は、同地で亡くなった。八十四歳であった。覚如の存覚忌避にも拘らず、存覚を師事する門徒は畿内一円に拡大した。それは、本願寺をはるかに上回る勢力と化した。仏光寺を始め、錦織寺に拠る木辺門徒、瓜生津門徒、大和の秋野河門徒、それに備後の光照寺、宝田院を中心とする西国門徒集団から高田門徒、関東地場の教団まで、崇拝された。

その証拠とするものが、木辺派の（錦織寺）の世代表である。親鸞―如信―覚如―存覚―慈観―とある。存覚以て冥すべきである。

一方、本願寺では、善如が十九歳で本願寺住持となった。従覚・存覚が補佐に当たった。

延文二年（一三五七）、本願寺は勅願寺となった。順調な滑り出しであった。

　東山本願寺として、方(まさ)に無弐の丹誠(たんせい)（まごころ）を凝(こ)らさせめ（固める）、
　宜しく四海安全を祈り奉るべし、
　者(てえれば)、天気此(かく)の如し、依って執達件の如し

　　延文二年七月五日　　　　左中弁判（日野時光）

　謹上　大納言法印御房（善如）

参考文献

「浄土真宗聖典」註釈版第二版　教学伝導センター編　二〇〇七年　本願寺出版社
「真宗史料集成第七巻」　平松令三編　一九八三年　同朋舎出版
「選択本願念仏集」　法然著　大橋俊雄校注　二〇〇五年　石波書店
「教行信証入門」　石田瑞麿著　二〇〇〇年　(株)講談社
「歎異抄講話」　暁烏敏著　一九八八年　(株)講談社
「愚管抄を読む」　大隈和雄著　一九九九年　(株)講談社
「方丈記」(鴨長明著)　簗瀬一雄訳注　二〇一八年　KADOKAWA
「親鸞と一遍」　竹村牧男著　二〇一七年　(株)講談社
「本願寺」　井上鋭夫著　二〇〇八年　(株)講談社
「真宗史仏教史の研究」「親鸞・中世篇」　柏原祐泉著　一九九五年　平楽寺書店
「親鸞とルター」　加藤智見著　一九九二年　早稲田大学出版
「法然と親鸞」　佐々木正著　二〇〇三年　青土社
「空海と最澄の手紙」　高木訷元著　一九九九年　法蔵館
「鎌倉旧仏教(摧邪輪)　日本思想史大系」　明恵著　一九七一年　岩波書店
「明恵」　田中久夫著　一九九八年　吉川弘文館
「親鸞の還相回向論」　小谷信千代著　二〇一七年　法蔵館
「法然全集　第二巻」　大橋俊雄著　一九九五年　春秋社
「法然のかなしみ」　梅原猛著　二〇〇〇年　小学館
「新説真宗史」　佐々木英彰著　二〇〇〇年　心泉社
「覚如」　重松明久著　一九八七年　吉川弘文館
「親鸞と東国門徒」　今井雅明著　二〇〇三年　吉川弘文館
「親鸞と浄土」　星野元豊著　一九八四年　三一書房

著者略歴

示車右甫（じしゃ・ゆうほ）

1931 年　福岡県に生まれる。

1950 年　福岡市立博多工業高等学校卒業。

2004 年　東福岡信用組合退職。

著書

『断食者崩壊』1967 年、福岡市民芸術祭賞・小説部門の一席に入選

『天草回廊記』上・下、文芸社、2006・08 年

『対馬往還記』海鳥社　2009 年

『天草回廊記　志岐鱗泉』海鳥社　2010 年

『天草回廊記　隠れキリシタン』海鳥社　2012 年

『廃仏毀釈異聞』海鳥社　2014 年

『歴史探訪　天草興亡記』海鳥社　2015 年

『瀬戸焼磁祖　加藤民吉　天草を往く』花乱社　2015 年

『天主堂工匠・小山秀之進と鉄川与助』海鳥社　2016 年

破戒僧 親鸞

ISBN978-4-434-25868-8 C0093

発行日　2019 年 4 月 1 日　初版第 1 刷

著　者　示車　右甫

発行者　東　　保司

発 行 所

擢 歌 書 房

〒 811-1365　福岡市南区皿山 4 丁目 14-2

TEL 092-511-8111　FAX 092-511-6641

E-mail: e@touka.com　http://www.touka.com

発売所　株式会社　星雲社

櫂歌書房